三四五

博食眠

三博四食五眠

阿佐田哲也

幻戯書房

もくじ

装丁　緒方修一

三博四食五眠

本書は、阿佐田哲也（色川武大）氏の未刊行作品から、喰べることにまつわるエッセイを集めたものです。

表記や送り仮名の統一は、原則として行ないませんでしたが、初出誌の方針によって改められたと思われる字句や括弧類を、氏の慣例に従って整理した箇所があります。

文中に登場する店舗は、閉店するなど、現状と異なる場合があります。すべて執筆当時のものとお考えください。

今日では不適切とされる表現が見受けられますが、著者が故人であることを考慮して原文どおり掲載しました。


（幻戯書房編集部）

眠む気と喰い気と

　私にはナルコレプシー（睡眠発作症）という持病があって、ところかまわず睡眠発作が起きるのだというと、人は奇病と思うらしい。はじめてその名をきく人はたいがい笑う。やむをえず薬の力で身を起こしているのであるが、病床に臥《ふ》したきりというのとちがって見た眼に業病《ごうびょう》とうつらない。

　ある段階から先へ進むと、実は存外に厄介な病気なのであるが、そこのところの説明がむずかしくまた面倒くさい。これ（「あさめし　ひるめし　ばんめし」誌）は病気の雑誌ではないからごく簡略にするが、睡眠発作が起きるのは、つまり持続睡眠ができないからである。ひと眠りが一時間、二時間眠れればよい方で、したがってエネルギーの蓄積ができないから、すぐ疲れて眠ってしまう。

来客と一時間対座すると、へとへとになる。夕刊を買いに地下鉄の駅まで下駄をはいて往復すると、もう三十分は寝こんでしまう。

ナルコ患者の疲労感は通常人の四倍といわれる。六時間仕事をすると、丸一日寝ないで働らいたのと同じ疲労ということに、数字の上ではなる。

特にこの十五年来、病気が昂進してからは、私の日常とは、文字どおり寝たり起きたりの連続であった。昼夜という区別があまりつかない。眠れないし、そのうえ間断なく居眠りをする。

ところで、皮肉なことに、医師の説によれば、私の胃袋は日本人に多い下垂傾向がなく下部がきりっと上に向いているという。私自身は、腹部の脂肪に邪魔されて下垂したくともできない事情にあるのではないかと思っているが。

そのせいか、昔から、朝飯が一番うまい。寝て起きると、かくっと腹がへっている。しかしながら、何か腹にいれると内臓の方に血が集まるから、普通でも眠気を催おす。私の場合は食事の疲労で、ごろっと横になる。甚だしい場合は喰べている最中に眠りだす。その場合でも本能的に箸は動かしているから、何が口に入ってくるかわからない。灰皿の吸殻を箸でつまんで口に入れたりする。

そうしてしばらく眠る。たとえしばしの間でも、寝起きのときが私の一番空腹をおぼえるときであり、何か喰わざるをえない。喰えば眠くなる。眠れば起きて喰う。実にどうも果てしがなくてじれったい。

じれったいだけならよいが、他のことが何もできないし、肥満症を呼ぶだけだ。したがって、夜食について記せということであるが、夜食もなにも、二十四時間、寝たり喰ったりしているわけである。

一ヶ所に居て、そうやって騒いでいては、そばに居る者が死んでしまうから、住居、仕事場、と称して居場所を変える。どちらにも、ベッドと台所がある。昼夜のない男だから、昼仕事場、夜住居とは限らない。

したがって夜食というのが軽い食事という意味なら、いつも夜食みたいなものである。

近頃、住居の方に居るカミさんが（方々にカミさんが居るわけではないが）弁当に凝りだしたので、弁当の包みを持って仕事場に出かけるが、それも何度にもわけて喰う。

もし一度に喰ってしまって満腹感を催おそうものなら、眠気を呼び、眠気は喰い気を呼ぶから、いそがしくなってしまって、なんのために仕事場に出かけてきたのかわからないことになる。

しかしながら、仕事場にも女性が居り、彼女は私が毎日弁当を持ってくるとは思ってないから、なにか非常に軽い喰べ物を、折り折りに作ってくれる。せっかく作ってくれたものを喰べないわけにはいかない。

野菜のサラダとか、ソテイとか、豆腐だとか、何気ないものであるけれども、そのために弁当を残すわけにはいかない。弁当を喰わなければ、そのための弁解をしなければならず、それはうっとうしいし、だいいち残したくもないから、ついに満腹を覚えるに至ることがある。

たまに任意のところへ外出をすることがある。早く出かければ早く帰ってくるが、おそく出かければおそく帰らざるを得ない。夜の十二時頃、仕事が一段落をして、仕事場から住居へ、乃至《ないし》は住居から仕事場へ移動することがある。そんなとき、ふと思いついて盛り場にひと走りして一杯呑むと、昼夜ない男だが、世間でいういわゆる夜食を外でとるときがある。

もちろん軽い物で、行くところも大体何軒かのうちの一軒に定《き》まっているが、安くてうまい、というふうな意味で推奨できる店ではない。ただ私のペースを呑みこんでくれて、そのうえ知人の客が多いところである。

それではこの病気がまだ沈潜していて、比較的通常の人並みに動けた頃、私の睡眠時間はもっぱら朝方から昼前後までであった。したがって夕方一回、夜中一回、というのが主要な食事のペースになる。

私は十六から二十一くらいまでの間、つまり敗戦後の乱世の頃に、ばくちを打ち暮したことがあるが、人形町の裏通りの家で夜半にとって貰うカツ丼がすばらしくうまかった。あの頃はまだ銀シャリという言葉が生きていた時代である。カツが揚げたてで、卵が煮つまってなくて、タレの飯に染まり具合がよい。そのうえに米粒そのものがおいしい。今でもあのカツ丼を思いだすと唾《つば》が出てくる。

それからもうひとつ忘れられないのは、屋台の焼鳥屋で、特註《とくちゅう》した生レバにショウガのすった奴をなすりつけて、つるつるッとすする奴である。十二社《じゅうにそう》の通りに生レバを隠しておいて売ってくれる屋台があり、方角ちがいに居ても午前三時頃そこに行って喰った。そうして焼酎を一杯呑む。

ラーメンも焼売も、店をえらべばその頃の方がおいしかった。今はこちらの口がおごったせいで駄目なのだろうか。そのうえ、どの店も閉店が早い。今は、おそくまでやっている喰べ物店はどこか短所がある。

安くてうまくておそくまでやっている店が昔はあちらこちらにあったけれど、いずれも店主が年齢《とし》をとり、それなりに安定して無理をしなくなった。考えてみれば、その頃は売り手の方も皆若かった。

現在は、今の若者の舌に合う、若い店主の店があちこちにあるのだろう。しかしもう探す元気もないし、探さなくても自分の巣で喰いすぎている。

I

思い出の喰べ物ワースト3

一

つれづれなるままに、我が生涯の最悪の喰べ物について考えてみると、これはあの敗戦前後の数年間がピークになっているのは、諸般の状勢上やむをえない。

もはや三十年に近くなんなんとする昔のことといっても、あの思い出は強烈で、いまだにそのひとつひとつが口の中にこびりついているようだ。

カボチャの粉というのが配給になったが、これなどはワーストスリーのトップを飾るものであったな。カーキ色の（つまり南瓜《カボチャ》色の）ジメジメした粉で、練ってダンゴ状のものにして蒸して喰う。うす甘くて、ちょうど蒸し羊羹《ようかん》をうんと淡白にしてそれに植物性のアクをつけ加えたようなしろもので、こう書くと、なに、それほどヒドそうでもなかろうが、という声がありそうだが、どっこい、そうはいかない。

配給されたとき、すでに眼をこらしてみると、なにかモゾモゾ動いている気配だったが、新聞紙の上にぶちまけて風通しのよいところへおいておいたにもかかわらず、日ならずしてモゾモゾが烈しくなり、全体にびっしりと白い蛆《うじ》が湧いているのである。

ピンセットでとりのけるという段階じゃない。丹念に除いていったら粉は半分以下に減ってしまっただろう。なにしろ喰う物がないから、そいつをそのまま丸めて蒸すよりは仕方がなかった。

黄色い粉に白ゴマをどっさり捲き散らしたような按配で、口に入れるとプップッ音を立てる。おそらく粉というよりは、旺盛に繁殖した蛆と、その蛆が旺盛にひねりだした糞のかたまりを食していたのであろう。

当時、私たちは例外なく虱《しらみ》の大群に襲われており、シャツや寝巻の縫い目のところなど列をなしている奴を、動物園の猿よろしく指で駆除したものだ。シャツにも虫、喰い物にも虫、ムシ風呂の中にいるようだとはこんなときのことでもあろうか。

カボチャの粉の次に配給になったのは、大豆の豆粕が固い板状になったものだった。これはもう、どうやって喰うのか見当もつかない。カボチャに寄生する蛆はまるまる肥えていたが、豆粕には細い糸のような虫がうごめいていた。

私の父親は退役の職業軍人で、与えられる喰べ物に絶対不満をいわない男だったが、この豆粕は、えいッと口に放りこんだまま、呑みこみもならず、眼を白黒していたことを覚えている。

私は空襲さかんなりし頃に、自分たちの同人雑誌が摘発されて、中学を無期停学になっており、(無期停学は退学より重くて他の学校に転校もできなかった)非国民の烙印を押されて家の中に謹慎していなければならなかった。周辺の者はむろん、親兄弟からも穀《ごく》つぶしという眼を向けられていた。

進学もできない。工場街に足を踏み入れてもいけないことになっているので、徴用にもとられない。徴兵の年令になってもおそらく苛酷な扱いを受けるだろう。友だちとは断絶、この世に誰も、優しい眼を向けてくれる者はない。こうなると十四、五才の子供はもうどうしていいかわからない。

とりわけ辛かったのは、家の者と一緒に乏しい食卓の前に坐るときだった。そんなわけで、ぜいたくをいえる身分ではない。カボチャの粉も、豆粕のカチンカチンも、とにかく口に入れてしまわなければならない。

　私の家の近所に山岡さんという中気《ちゅうき》の女気狂いがいた。えらい学者の妻だったらしいが変ににたにた笑いながら一日中近隣をほっつき歩く。決して暴れるわけではないが、なんとなく気味が悪い。山岡さんが来たぞォ、などというとむずかっていた幼な子が泣きやむというような具合である。

　その山岡さんが、ある日、魚の配給所の前の道に干してあったとろ箱（魚を運んでくる長四角の箱）にこびりついていた魚の鱗《うろこ》を一枚一枚はがして喰べていた。よっぽど餓《う》えていたのであろう。ひどく汚ない行為なのだが、そのときふと山岡のおばさんを、かわいいな、と思った。なんとなくにこにこして眺めちゃった。おそらく当時の私の境遇が、狂人と同じくらい社会から弾きだされていたからであろう。

二

　そういう私にとって、敗戦というやつは意外な感じはしたが、とにかくホッとした。ホッとはしたが食糧事情はかくべつよくならなかった。基本的な食事は依然としてトウモロコシの粉のパンであり、高粱《コーリャン》を入れた飯であったりする。しかし戦争中とちがって、いくらかヴァラエティがある。たとえば進駐軍のチョコレートであり、コンビーフの缶詰である。

私の家は焼け残ったので、さまざまな知人が身を寄せてくる。多いときには八世帯ぐらい入っていたと思う。中には景気のいい人がいて、その人の部屋はいつもいい匂いをたてている。で、留守のときに忍びこんで飴玉を盗み喰ったりした。

しばらくしてヤミ市に、とにかく喰い物らしいものが並ぶようになった。

けれども軍人恩給は廃止になって、私の家には金がない。進学のことなどその頃は考えなかった。どうやって、いろんなものを喰ってやろうか、とそのことで頭がいっぱいだった。

喰うために働くというのはあのことであろう。かつぎ屋、靴みがき、叩き売り、炭屋の小僧、いろんなことをやったが大半はヤミ市で買い喰いしちまった。また喰っても喰ってもよく腹が空いたな、あの頃は。

芋のきんとん、さつま芋を潰して煮つめ、サッカリンなどの甘味を加えたもので、ところによるとこのきんとん屋ばかりずらりと並んでいる。

「甘いよ、甘いよ、さァこてこての大盛りだよ」

大鍋で煮つまらして湯気の出ているやつをドンブリに盛りつけて、十円だったかな。ちっともうまそうじゃないが、喰いだすとクセになってやめられない。

このきんとんを人工着色して紫色にしたのが〝アンコ〟。芋饅頭だの芋飴だの、さつま芋が全盛のころで、おかげで芋はきらいになったという人が多い。

私はちょっと変わっていて、太白《たいはく》だの農林一号だのはなるほど気がいかないが、さつま芋の最上種、黄色くホカホカした金時芋だけはかえって好きになった。

金時はさして太くもならず、目方でいくと損なのでお百姓があまり作りたがらない。だから芋全盛の頃も、金時は貴重品であった。あの頃の癖で、金時ときくととたんに有難いような気分になってくる。

この金時は普通の芋よりちょっとおくれて十月末頃から市場に出廻ってくるが、ひと冬越して翌年の二、三月頃がもっとも旨い。この頃になると私は街へ買出しに行くたんびに、上質の金時を探して必ず籠に入れて戻る。

そういえば京都の新京極に年がら年じゅうそれ専門に売っている焼芋屋さんがある。よほどの時候はずれ以外は必ずうまい金時を使用しており、焼芋の袋を抱えて宿へ帰り、夜食に喰うというのがかなりの楽しみになっている。

話を元に戻して、芋類以外の当時のヤミ市の代表的喰べ物といえば〝シチュー〟である。これは進駐軍の残飯を、ごった煮にして煮こんだやつで、ハンバーグの切れ端あり、トマトあり、サラダ菜が浮いているかと思えば鶏あり魚あり、ギタギタに油が浮いてなんとも複雑な味がする。そのギタギタが魅力的で飛ぶように売れたのだから、お互いよほど栄養失調だったんだなァ。

その頃の新聞だか雑誌に、誰やらの戯文がのっていて、このシチューを喰っているとまっ白な肉片が出てきた。イカだな、と思って嚙めども嚙めども喰い切れない。ようく見たら、なんと例のサックであった。

これなどはおおいにリアリティのある話で、現に私などもドンブリの中から煙草の吸いがらが出てきたのが二度や三度ではない。残飯とはいってもゴミ捨てみたいなもので、売ってる兄さんになんかいうと、

「おじさん、気の弱いこといっちゃいけねえよ、大丈夫だったら、うんと煮こんであるんだから、完全消毒だい――」

そりゃそうだが――。

米の飯もないことはなかった。石油缶に、のり巻きや握り飯など入れて、埃《ほこり》だらけの道ばたで売っている。今日この頃でも競輪場の帰り道などで売っている、あのスタイルである。ただ値段が猛烈に高かった。

そのうえ私たちのほうにも、米の飯を喰うのはなんとなく犯罪意識があった。

新橋のヤミ市ができたての頃、小さなバラックが一軒あって、いつも雨戸がしまってる。中でこっそり白米の（当時は銀シャリと称した）お握りを売っている。

私は何日も何日も逡巡したのち、勇を鼓して雨戸をあけた。木の椅子に腰かけて、ゆっくり銀シャリを喰うとどのくらいの値段になるのかわからない。今日でいえば、素寒貧《すっかっぴん》が第一級の割烹《かっぽう》に入っていくようなものである。

文字どおり銀シャリのお握りが二ツ。葱と豆腐の味噌汁にタクアンが三切ればかりついて、八十円だったと思う。（それから小一年ほどして某商事会社といってもヤミ屋だが、チョコッと勤めたときの私の給料が二百何十円だったかと思う）

このときばかりは満腹してそのバラックを出た。腹がもたれてかなわなかった。そうしてそれが、私一人だけ銀シャリを喰った罰であるかのような気がした。

三

しかし、敗戦後のヤミ市で喰ったこうしたものは、不衛生であろうと、高かろうと、それなりにうまがって喰っていた。だからワーストスリーに入れようとは思わない。

私の場合、その後がある。一般には徐々に食糧事情が好転して、食生活もおちつきをとり戻していたようだが、私は博打ばかり打って着のみ着のままで諸方を押し歩いていた時期があるので、市民的な食膳につくどころの騒ぎではなかった。

まァ若かったからできたのであろう。ルンペンとギャングの混血児のような暮し方で、勝ってむしりとった金はパッといっぺんに使ってしまう。負けが重なると呑まず喰わずになる。

勝ったときの金を貯めといたらよかろう、といわれても、そんなケチ暮しをしているようではこの生活のダイゴ味はないので、そのくらいなら足を洗って堅気になってしまったほうがずっとよろしい。だから遊び人が行き倒れてもべつに助けの手を伸ばすことはないのである。本人がその覚悟で遊んでいるのだから。

ある時期、私の周辺に、家出少年やら麻雀ボーイ崩れやら、やくざにはなりきれないがといって一般社会からは落ちこぼれているような男の子たちが集まって梁山泊のようになったことがある。

私自身まだ二十才前の頃だ。私たちは衆をたのんで、誰の土地か知らないが焼跡の片隅に小さな小屋を押したて、そこに寝っ転がって暮した。まだ警察力の弱かった時分である。

私をはじめ二、三人は外へせっせと稼ぎに行ったが、なにしろ街中の乞食博打で、皆が喰えるほどにうるおわない。

夜中になると大挙して、商店街のほうに出かけて、パン屋の裏口に行く。パン屋は翌日売るパンを焼いている真っ最中で、皆いそがしく働いている。その日売れ残った固くなりかけたパンがあり、そいつにバターかジャムをつけて貰って、ほとんど只同然に売ってくれる。

店員に頼むと、店のほうに行ってサンドイッチを作ってくれる。そのすきを見て、全員が裏口から入り、できかけのラスクだの、豆菓子だの、石油缶に入ってる奴を猛然とポケットに突っこむ。今日はあちらのパン屋、次にはこちらのパン屋と狙い打ちにしてまわった。

それからソバ屋だ。これはカケソバ一杯分の代金を払わなければならない。皆でカケソバを一杯ずつ註文する。できあがってくると、卓上においてあるトウガラシの容器の蓋をあけて、中の粉をそっくりソバの中にいれる。そうして箸でもって力いっぱいかきまわす。するとまッ赤なドロドロした液状のものができあがる。そいつを、眼をつぶり、鼻をつまんで、一息に呑み干すのである。

代金をおくなり、一散に小屋まで駈けだす。涙は出る、鼻はたれる、それよりも口の中から胃袋にかけてカーッとしてしまってなにがなんだかわからない。

小屋にきてぶっ倒れる。それでもう二、三日は食欲まるでなし。喰うどころじゃない。カケソバ一杯でとにかく二、三日は生きていられる。

こいつをずいぶんくりかえした。おかしなもので、三カ月ぐらいくりかえしているうちに、なんとなくこいつをやらないと身がひきしまらないような気分になってきた。

そのときはもうおそかったのである。ある日ふざけ半分に、七味トウガラシの袋を買って一袋全部を水にまぜて呑んだ。こんなものはまるできかない。七味でなく一味でやった。キューン、とノーテンが張り裂ける思いですこぶるよろしい。酒を呑むときも、酒に混ぜる。お茶の中にも混ぜる。

一番ひどいときは、二時間ほどのうちに一袋ずつ、口の中に流しこまないと、ぼんやりしてしまう状態になった。いわゆるトウガラシ中毒というやつで、切れるとぼんやりするが、粉を呑んだとてはっきりするわけではない。廃人一歩手前という状態から、すっかり回復するのにずいぶん手間どった。

そんな因縁があるので、戦時中の蛆カボチャ、蛆豆粕に加えて、戦後のトウガラシソバ、この三つを私のワーストスリーに選びたい。

あのとき、トウガラシで頭をやられなかったら、今もう少しいい原稿を書いているような気もするし、逆にまだ博打渡世で威勢よく日をすごしていたかもしれない。

ぐうたらべえ食道楽

一

近頃は、旧市内とか新市域とかいう言葉もすっかり死語になってしまったようだ。

「旧市内って、なんですか？」

と訊いてきたのは、若さを誇る某誌の編集者T君である。

「現在の区制になる前の東京だね。おおざっぱにいって山手線の内側と隅田川の河口附近が、その範囲だ」

「ははァ、なるほど――」とT君がうなずいた。「ひとつ利口になったな。旧市内か。つまり、江戸の頃の話でしょう」

滝野川区だの小石川区だのってのから、豊島区だの文京区だのになったのが、いつ頃だったろうか。大戦争突入期の東京市から東京都に変わったあたりだったかな。

私は旧市内の牛込区の生まれである。そうして成人して後、寝ぐら定めぬ渡り鳥で方々ほっつき歩き、ただ今は、昔ふうにいうと新市域の荻窪に住んでいる。

しかし私は、どうせ一ヵ所に定住するなら旧市内へ戻りたいと思っている。

もちろん、旧市内の土地などバヵ高くて私には手が出ない。犬が五匹もいるので、マンションにも住みにくい。

「馬鹿だなァ、旧市内なんて、空気は悪いし騒音はひどいし、人間の住むところじゃないよ」

それでもよろしい。郊外はいやだ。なぜなら、理由はたったひとつ、商店の感じが新市域とややちがうからである。

商店といっても、私が直接接触があるのは喰べ物屋だ。

洋食屋とかソバ屋とか、ちょっと外出して手軽になにか喰べられる店は、ポツリポツリとだが、まァないこともない。郊外といっても中央線沿線の各駅周辺はそれなりに繁華街である。

いわゆる食品屋さんが、ない。荻窪北口のマーケットなどは、魚屋も八百屋も評判がよく、人が集まること中央線随一、毎日ものすごい量がはけ、何を買うのも競馬場の穴場のように混む。

高円寺や吉祥寺は、物価が安いことでも定評がある。

しかし、私にいわせれば、旧市内の商店とはちょっとちがうのである。

マーケットの魚屋さんなど、切身はたくさん並んでいるし、ぜいたくな魚や蟹や海老が山になっていて、売れまくるから品物だって悪くないのだろうが、あまりにいそがしいのと、若い売り子さんが威勢をつけすぎていて、客との懇談ができていない。

「さァ、これ安いよ！　鰯《いわし》の大安売りだ、さァ持ってってくれ」

あっちの奥さんにも、こっちの奥さんにも、おかまいなしに安いのを押しつける。タクシィの運ちゃんと同じで向こうの都合が先にたっているので、ちょっと手のかかる処理はやってくれないし、切身なんてのも悲しいくらい劃一《かくいつ》的なうすさで、べらぼうめ、こっちの好みの厚さに切って貰うんじゃなくちゃ、一銭だって銭を出すものか、という気になる。

私は子供の頃から女嫌いで、長ずるにおよんでもそうだが、そのせいか女のやることを自分でやるのはすこしも苦にならない。

だから昔から、買物籠をさげてひょこひょこ出歩く。旧市内の商店は概してそんなに山のように人がふったかるほどいそがしくないのである。

まずそこの主人の人格をこちらが気に入り、向こうにもこちらの好みや家庭状況などをわかって貰い、ごく親しい友人のような関係になって、売ったり買ったりするのである。

「今日は、何がいいかしら――」

「今日は、鯛に生鮭に鰯だね、鯵《あじ》もいいよ、はまちは駄目だ、養殖だから」

こういうセリフをこちらは絶対に信用する。旧市内というところは、親の代から同じ所で店を開いているという商店が多く、客との交流が長い。フリのお客に売るような態度では商売が成りたたないのである。

そこへいくと新市域は新しい店が多い。だって戦争中まではほとんど店なんかなかったところなのだから。そこへもってきて、客のほうも、戦後にうわッと移住してきた者が大部分。

お互いに見ず知らず同士で売ったり買ったりしているのだ。だから商品が劃一的になる。問題は値の安さや、品物の新しさということになり、自分がこの品物をえらぶうえに、自分独特の納得がない。

私は今でも気に入った旧市内の何軒かのお店にトコトコ出かけていくが、その一軒の魚屋に、もう故人になったが昔々亭《せきせきてい》桃太郎師匠がよく来ていた。

桃太郎という落語家の芸は私もあまり好きではなかったし、世間からもたいした評価を受けずに終わった人である。

しかし、魚の買い方には感心した。

生き鰈《かれい》の木箱の中をじっと見て、

「ううん、ひとつ此奴《こいつ》を喰ってやろうかな」

呟いて、主人を呼んだ。

「此奴、喰うよ。ちょっと顔を見せてくんな」

鰈の一匹一匹の顔を、ためつすがめつ、やがて一匹をえらんで、その首をつかんで持ちあげた。

晩春の昼さがり、鰈をブラさげて歩きだした師匠のうしろ姿は、生き物を喰うという重い感じがにじみ出ていたな。

二

新市域の商店が、急な人口増加に甘えて、安直な商売をしているという証拠に、豆腐のおいしい店がない。ずいぶん広範囲を探したが、一軒としてこれはという店なし。

里見弴《とん》氏が何かに書いていたが、

『今、自分が幸せに思っていることは、近所にうまい豆腐屋があることである――』

この感じ、わかる。

私は豆腐好きで、豆腐が三日も膳に出てこないと喉のあせりを感ずる。それというのも生家の近所に天下一の豆腐屋さんがあって、その豆腐を喰べつけたせいである。

豆腐なんてものは、どんなにうまい店を知っていても、普通はタクシィで買いに行くというものじゃない。私は現在でも、荻窪から牛込までわざわざ豆腐を買いに行く。人は笑うが、日常の喰べ物に凝るのがまず喰いしん坊の条件だと思う。高価な喰べ物とちがってこのくらいのぜいたくなら私にもできる。

とはいっても、豆腐はやはり、鍋を抱えて買いに行き、水を張って豆腐を浮かして貰って帰りたい。ビニールの小箱に閉じこめて、袋にいれてブラさげて一時間もすると、心なしか口に入れたときの感触が落ちるような気がする。この点でも、早く旧市内に戻りたい。私は食通でもなんでもないし、喰べ物など各人の好みもあり、軽々しくほめたたえる気はないが、この店だけは拍手を送っておいてまちがいないと思われる。牛込納戸町《なんどまち》の〝辻村〟という小さな豆腐屋さんである。このお店を知っているために、私はどれほど幸せを受けているかしれない。

豆腐といえば、京都嵯峨の〝森嘉〟という店が有名で、あそこもたしかにおいしいが、関東では私の知る限り、この〝辻村〟と、芝白金の〝はせ川〟という豆腐屋さんが絶品である。

特に、豆腐が持っているコク、香りという点では〝辻村〟がよろしい。本当に豆腐好きの好む味である。私の家へ来る客で、ここの豆腐というと眼を輝かして、醬油も何もつけずに生のままで一丁ペロリと喰べてしまう人がいる。

〝辻村〟の豆腐は、もめん豆腐なのだけれども工程に秘密があって、絹ごしと木綿とをちょうどミックスしたように柔らかく、舌にのせるとトロリととける。といって木綿豆腐の歯ざわりと風味がそのまま残っているのだ。

世間では、トロトロの絹ごしをなにか上等なもののように思うようだが、あれは豆腐の下道《げどう》。工程のうえからいっても水分を漉《こ》さないのでうんと安くできる。で、〝辻村〟ではいったん絹ごしの要領で固めた奴を、木綿豆腐に作り直すらしい。このときに水分が多いと綺麗に固まらない。このへんが技術なのらしく、他の豆腐屋では真似ができないという。

この店では井戸だが、水質がよくて、夏の渇水期でもまったく質が変わらないという。おそらく〝はせ川〟という店も井戸オンリィであろう。水道はもう此頃では水にあらず、消毒薬のようなもので、この点恵まれていよう。〝森嘉〟の豆腐がうまいのもひとつには京都の山地からの水のよさにあるといわれる。

しかしそれだけではない。やはり長年の研鑽と熱意が生んだ味なのである。

そうしてこの店では絹ごし豆腐を売らない。独特の木綿豆腐一本槍。

「どうも絹ごしってやつは、あたしが嫌いだからねえ――」と主人がいう。「あたしも豆腐ッ喰いで、結局自分がうまい豆腐を喰いてえから作って売ってるだけですよ」

このセリフがまたよろしい。万人向きの味なんてものはただ劃一的になるだけなので、いろいろと試し迷った結果、結局は自分の好みを押しつけることになる。食品に限らず、これが本物なのである。

話は変わるが、私の現在の家の近くに、新市域には珍しい魚屋さんがあり、〝坂本〟という看板もあがってないような小さな店だが、ここの主人も、河岸《かし》へ行って、一品か二品しか仕入れてこない。自分が好きなもので本当にいい物を選ぶとそうなってしまうのだ。だから、今日は鮪《まぐろ》の刺身が喰《い》べたいな、と思って電話しても、そうはいかない。

「駄目。今日は平目ですよ。活けの平目だから絶対」

といって押しつけられてしまう。またこれがうまい。このうっかり通りすぎてしまいそうな小さな店が、たくさんの常連客に支えられており朝の十時頃にはいつももう売り切れて何にもなくなってしまうのだ。いかに新市域の人たちがこういういい店に餓えているかがわかる。

そういえば、辻村豆腐店にも看板などかかっていない。三時頃から五時頃まで、常時、お客が列をなしている。

五時すぎにはもう売り切れ。

「アラ、お豆腐買うのに並んでる」

といって珍しがる人がいる。なんぞはからん、これが日本一の豆腐屋なのである。

「豆腐屋ってのは客の地域が限られてるからねえ。近頃はパン食が多くなってどんどん需要がへってるでしょ。だからせめて、喰べて貰える人に二つでも三つでも多く喰べて貰えるようなやつをつくろうと思って」

私が柄にもなく、大声で喧伝する本当の理由は、この主人の心意気にある。豆腐は、利のうすい、安い食品なのだ。価格も大体共通で、〝辻村〟の豆腐も他と同じ値段である。

水分をぐっとすくなくするから、大手のマーケットなどにおろす豆腐が三百丁できるところが、百丁ぐらいしかできない。

儲かるものなら誰でも熱心になる。失礼ながら豆腐屋で巨万の富はつくれない。私は自分はぐうたらべえでしようがないが、欲をはなれて精を出す人間を見ると眼が洗われるような気持ちになるのである。

三

こういうテーマになると、ぜひもう一人、記したい人物がいる。

国電目白駅の横手の石段をおりたあたりの路傍に、夕方になると生卵を売っているお爺さんがいる。

もう七十ぐらいだろうか。小柄で、汗のにじみ出た帽子をかぶり、大きなリュックと石油缶を両手に抱えて、まるでかたつむりが住家を背負って移動するような形で息も絶え絶えになって現われる。

甲府の在のほうまで毎朝行って、卵を背負ってくるのである。降っても照っても、休みなし。雨降りの日は商店街のアーケードの下に店を開く。

大量生産の無精卵ではなくて、お爺さんの売る卵は、農家の庭で放し飼いにしてある鳥が、自然に生んだ卵である。それを集めるのは、駅からそうとう奥に入らなければならないという。

夕方四時すぎに目白駅にたどりつくのだが、もうその頃には周辺の主婦たちが、電信柱を目印にして列を作って待っている。

皆、容器を持って、一キロだとか二キロだとか買っていく。お爺さんの卵が値が安くておいしいからである。周辺のおソバ屋さんや小料理屋さんなどが大量に仕入れにくる。

お爺さんが安売りする卵も、その人たちが商売に使って結局もうけてしまうわけで、考えてみれば馬鹿らしいが、お爺さんはついぞそんなことは考えないらしい。本質的に人間が高貴なのである。

古風なカンカン秤《ばか》りで、客の註文をききながら秤っているが、なかなかぴったりと目方が合わない。すると、大ぶりなのと小ぶりなのと変えたり、あっちをいじり、こっちを入れかえ、一人の客に売るのにも相当に手間がかかる。

お爺さんが卵をいじる手つきは、本当に宝石を抱え動かすような感じで、ときとして卵を撫でたまま放心していることすらある。それがなんとも微笑《ほほえ》ましい。

（――ああ、ここにも、自分の仕事を愛している人物がいるな）

と思う。その気持ちは私ばかりではないらしく、手間ばかりかかってなかなか列が進まないのだが、誰一人、文句をいう人を見たことがない。

皆、お爺さんの汗のしみ出た帽子や洋服のあたりに眼をやりながら、ひっそりと待っている。ただささえ難行苦行のはずの担ぎ屋的商法が、老いの身にこたえることは歴然である。それでも商いの方法を変えようとしないのは、その仕事に身を入れこんでいるからだ。

自分の家で、うまい豆腐と、こりこりした黄味の新鮮な生卵にかこまれて飯を喰っていると、こんなぜいたくなことをしていてよいのかという気分になってくる。

私の家からタクシィで買いにいくと、豆腐も卵も、原価はともかく、相当に高いものにつくが、尊敬に値する商人に対して、ぐうたらの私がしなければならないせめてもの礼儀だと思っている。

駄喰い三昧

一

私はあまり外出して何か喰べるのを好まない。私なりにその味を知って信頼しているお店はべつだが、知らない土地で、ただ腹がへったからというだけの理由で、いきあたりばったりの店に飛びこむことだけはやめようと思っている。

そのくらいなら、すき腹を抱えて自分の巣へ帰ってきたほうがはるかによろしい。世間には、値段の安い高いにかかわらず、とおりいっぺんの貧しい喰べ物を売る店が多すぎる。私のように、もう還暦に一歩一歩近づいている年令になると、あと何回、食事という楽しみに遭遇できるか、その回数も限られていよう。せめて、自分の納得のいくものだけ喰べたい。

で、外ではできるだけ我慢している。知ったお店がない地域を歩いているときはそれでよろしい。問題は、気に入っているお店が何軒もかたまっている地域へ行った場合である。余生いくばくもない身は、生あるうちに再びこの地へ足が向くかどうかわからない。私はほとんど外出しないから、この機会にもう一度だけその店に寄っておこう、という気になってくる。

たとえば、上野である。東京で、競輪の予想紙を前夜手に入れるとすると、赤競は上野御徒町駅前、黒競は飯田橋駅前、この二ヵ所だけで、あとは印刷所へ直接行かねばならない。昔、ぞっこん競輪にホレこんでいる頃、前夜版を買うだけの用事で、はるばる上野までよく出かけたものだ。

さらに、二十年以上前の〝ヤミ市〟時代には、上野で寝起きして麻雀をやっていた。近頃はとんとごぶさたしているけれど、どうかしたはずみで行けばなつかしい。まず松坂屋裏のとんかつ屋〝蓬莱屋《ほうらい》〟に行く。

私はあまりとんかつを好まない。特に街のとんかつ屋の分厚なやつは芋を喰ってるようでどうもいけない。昔、山田風太郎さんのお宅によくお邪魔していた頃、もう二十数年前のことだが、当時私は麻雀ごろから足を洗った直後で、例の唐がらしソバのために胃をやられていたせいもあって、人並みのごちそうが喰えない。

多少のひがみ根性もあり、又あまり過去のことをいいたくもなかったので、山田さんの美人の奥さんがこしらえてくれる山海の珍味を、いちいち、嫌いだ、嫌いだ、といって箸をつけなかった。

さすがの山田さんも、いつも私が何にも喰べないので、

「いったい君は、何が好きなんだ」

そのとき、不思議にスラスラと答えが出た。

「とんかつの、中の肉は嫌いなんだけど、あの衣のほうね、あれが喰いたいです」

「ふうん――」

といって、それきり山田さんは私の喰べ物にあまり気を使わなくなった。

とんかつといえば、現在でも一枚五十円くらいの肉屋で揚げ売りしているようなうすべったいやつに魅力がある。だから家で作る場合も、豚肉のうす切りである。衣と肉が混ざりあって口の中で互角にからみあわないと面白くない。

二

話がなかなか進展しないが、その分厚いとんかつ嫌いの私が、上野へつくとまっさきに、〝蓬萊屋〟のかつを喰いに行く。といってもこの店はいつ行っても喰えるというわけにいかない。

昼すぎの一時間ぐらい、夕方の二、三時間、それでおしまい。必ず、五、六人の行列ができていて待たなければならない。（銀座松屋にも出店があり、ここは待たずに喰えるが、やはり本店のほうがうまい）

ここでまず串カツを揚げて貰って酒を軽く呑み、とんかつでごはんを喰う。ところがこれだけではすまない。つい二百メートルと離れていないところに〝ぽん多〟という、やはりとんかつのおいしい店があるのである。

二つの店はそれぞれ作り方に特長があって、〝ぽん多〟のは白く揚がり、口に入れるととろけそうなほど柔らかい。〝蓬萊屋〟のはあくまで色黒く、凛としている。どちらをとるかはその人の好みで、まず東京のカツ屋の両横綱といえるだろう。

だから私としては、〝蓬萊屋〟だけに寄って、〝ぽん多〟に寄らないわけにはいかない。で、帰りに〝ぽん多〟で一枚揚げてもらって、それでまた飯を喰う。

しかし上野には広小路に、〝永藤《ながふじ》〟という私が子供の頃から親しんだパン屋があり、めったに来ない以上、ここのパンをぜひ買って帰りたい。買うだけならべつにさしさわりはないと思うのは素人考えで、このパンが手に入った以上、私はパンの柔らかいのが大好きなので、家に帰ってバターをつけてムシャムシャとやる。

満腹という感じをとうに通り越して、息を吐くたびに喉から火柱が噴きでるかという感じである。私は糖尿病なので、家に居ると、何日も何日も節制に節制を重ねているが、たった一度外出したばかりに、夜中に発熱して眠れないほど喰いまくってしまう。

つまり、駄喰いが多いのである。駄喰いという奴は一種の病気のようなもので、いったんその気が出てくると、神の威光をもってしてもとめられるものではない。

昨年のことである。望月優子さんのご亭主鈴木重雄さんが入院をしていたので見舞いに行った。

他の見舞客と一緒に、病室で寿司をごちそうになった。私は寿司も、不見転《みずてん》の店では喰わないことにしている。寿司は私などには高い喰い物だから、せめておいしく喰べたい。

不思議に、穴場さえ探せば、おいしい店もまずい店もさして値段は変わらないものである。病室に運びこまれてきた寿司は、あまりうまいものではなかった。私は他の客の手前、おあいそに、ぽつぽつと手を出していた。

鈴木さんの分の一人前が、なにしろ病人だから、半分ぐらい喰べ残されている。私はぼんやりとそれを眺めていた。

「――喰うかい」と鈴木さんがいった。

「――うん、喰う」といって私はにっこりした。

面会時間が切れて、私は病院を追いだされた。しかし、外へ出たら何も喰うまいと思っていた私の腹の底に寿司が入ったことがきっかけになって、うまい喰い物のイメージが次々と頭に浮かぶ。腹の虫がぐうと鳴る。

タクシィで百七十円区間が池袋である。この町は私はあまりくわしくないが、大分前にふらりと寄った店で、しゅうまいのおいしい中華屋さんがあった。

その店を探したけれど、どうしても判らない。三十分ほど西口の盛り場をうろついてついにあきらめた。

そうして、鰻の頭や内臓の串焼きの専門店〝うな鉄〟に入って、十本ばかり串を喰い、酒を呑んだ。

隣の人が、鰻丼をとって喰いだした。

私は鰻は寿司以上に店をえらぶ。一年に十ぺん鰻を喰うものなら、高くてもうまい店で五へんにしたい。

〝うな鉄〟は東京で数すくない串焼の店だが、鰻そのものはうまいかどうかわからない。

しかし、ほかほかと暖かそうで、うまそうに見えた。

「鰻丼をひとつ——」と私はいった。

そうしてそれを大いそぎで平らげて、家路につくべく駅に向かった。

先刻探していたしゅうまいの店が、思いがけず眼の前にあったのである。私はしばらく足をとめて考えた。しかし、なにしろもう余命がすくないので、二度と池袋へ出てこられるかどうかわからない。

近くに喰いしんぼうの友人が居ることを思いだし、しゅうまいとぎょうざの折詰をつくらせて、その友人の家へ土産に持っていった。

そして、私も折詰をお相伴《しょうばん》した。

「ちょうどよかったわ——」とそこの夫人がいった。「今、穴子とトロと赤貝を、すこし余分に頼んだところだったの」

その友人のそばの寿司屋は、これは正真のうまい寿司屋で、私は以前からそこの寿司に眼がない。満腹で口を利くのも大義だったがその寿司を喰って帰り、その夜も発熱した。

こう考えてみると私は駄喰いが多い。駄喰いばかりしている。

三

駄喰いの最たるものは、競輪場である。

私はあそこへ行くと、場内の屋台店で、だらだら喰ってばかりいる。

高知競輪へ行ったとき、うわんうわんと土埃りがあがる中で、鰹の土佐風を売ってる屋台店がある。小皿にぶつ切りにした鰹を並べて、

「さァうまいでェ、とれたての鰹じゃ――」

埃りで安倍川のようになった鰹が、意外にうまかった。街の中の有名店で喰ったさわちい料理などよりうまかったような気がする。

十年以上前、私は競輪場を駆けずりまわっていて猛烈にいそがしく、他のことは何もで

きないという境遇にあった。今日は青森、明日は九州という具合に飛びまわったが、どこへいってもその街を見て歩く余裕はない。競輪場の中の売店で、わずかにその地方らしい喰べ物にお目にかかるという具合だった。

豊橋競輪場の中の売店で、この地の名産の小ぶりの竹輪に醬油をかけて飯を喰った。あれはオツな昼飯になった。

九州一円の競輪場では、てんぷらと称して、さつまあげの煮びたしみたいなものを売ってる。丸てんだの、生姜《しょうが》てんだの、いろいろあって、ドンブリ飯を小脇に、おでん鍋の中に煮えているてんぷらをすくって喰う。あれも美味《おい》しい。

新潟県は弥彦競輪場は、弥彦神社の境内になっていて、神主の一家が茶店のような売店を出している。ここの生そばもなかなかうまかった。

函館競輪場では、いつも期待をもってとうもろこしを喰うが、うまかったためしがない。

玉野競輪のぶどうはさすがにうまかったな。果物でいえば、川崎競輪の指定席横の売店は、多摩川沿岸の生産者から直接、梨など買ってくるらしい。そのせいか新鮮。

岐阜だか大垣だか忘れたが、豆腐の味噌でんがく、これもよろしい。

どこにでもあるのはフライである。私は中の肉よりも衣のほうが好きだけれども、競輪場の肉のフライは、得体の知れない油味《あぶらみ》みたいなものが入っているだけで、どうも手が出ない。何の肉か、材料を見たいと思っても、油鍋のそばにおいてあるときに、すでに白壁のような衣がこってりとついており、中味が寸分も見えない。その点、野菜のフライは、まぎれもなく本物が入っている。揚げ立ての熱い串をつまんで、ソースの中にじゅうっとずっぽりつけて喰うのがまたうまい。

フライで思いだしたが、大阪駅構内にある串かつ屋さん、あそこの前がどうしても私は素通りできない。いつも立ちどまって、無限に喰ってしまう。ところがあの駅の構内は地下道が四通八達していて、一度道を迷いだすとどうしても串かつ屋の前に出ない。

大阪の市内にも京都にも、立喰い式の串かつ屋さんはあるが、大阪駅構内の店のが一番うまいのは、いつも道を迷った末に発見する喜びのせいであろうか。

ツルツルとズルズル

一

ソバというと若い人はラーメンのことだと思う、という巷説ができて久しい。この傾向は今も変わらないようだが、最近の若者を見ていると、ラーメンも、いくらかぜいたくな、外出時の喰べ物としての箔がついてきたように思われる。すくなくとも、ラーメンでも喰って一時しのぐか、というでものついた喰べ物の感じではない。

そうしてインスタントラーメンとかカップラーメン（これはひどくまずいわりに高価な食品だ）がラーメンのもうひとつ普段着の喰べ物になっているらしい。

日本ソバが若い人たちに受けなくなったのは、全体に淡味でギトギトしたところがないせいもあるが、古風な店構えを重んじて眼の前で調理しないという点が主たる理由のように思う。

ソバなんてものは茹でたてが値打ち、茹であげてからものの三分とたたないうちに香りは飛ぶし、ノビるし、クタクタのソバなんて喰えたものじゃない。

それを従来の街のソバ屋さんは、手数を省くためなのか何人分かひとまとめに茹でてしまうから、ちょっと客足が遠のく時間に入ると大分前に茹でてノビ切っているものを出される。

熱い汁に浮かした丼系統のソバはどうしてもノビ加減になるので、クタクタでもあきらめがつくが、ザル系統の奴を頼んで、運ばれてきたとき白っぽく変色しているのがある。表面のほうだけ茹でたてで、残った半端な分を中にアンコのように包み隠したものもある。こうなると、茹でおきが丁度切れて自分の分はそっくり新規に茹でてもらう好運を祈りながら店に入るほかはない。

これじゃァ誰だって、眼の前でちゃんと（すくなくとも茹でたてだ）調理してくれるラーメン屋のほうに足が向く。

そのうえ、できますものが、古色蒼然たる品目ばかり。鳴門や竹輪がご馳走だった時代の感覚である。昔のものが悪いというのじゃないが、問題は昔どおりの商法にあぐらをかいている店主たちの神経なのだ。

よく老舗《しにせ》の主人が、

「たぬきは、天ぷらのタネ抜きの意、あれは家《うち》で発明したんですよ」

などと自慢げにいっているのを見聞きするが、商売だもの、工夫は当たり前じゃないか。たぬきにきつねにカレー南蛮に、天丼かつ丼親子丼と、ただただ形式にはまった出し物で、それもクタクタにノビたやつを、うそ寒い三和土《たたき》に木の椅子で客を待っていたって、そうはくるものじゃない。

もうひとつ、これは客のほうにも関係してくるが、出前という奴。

茹であがり千両という喰い物だから、どんな名店のソバでも出前にしたらまずくなるのは当然。といって客のほうからすると出前はまことに便利なシステムである。

便利だが、ソバ自体はノビかかっている。便利さに負けてつい註文をするが、だからいつまでたっても、ソバでも喰おうか、という程度の喰い物にしかならない。

たとえ人手があっても、出前というやつ、やめてみたらどうだろう。客も不便になるが、立ちゆかない店も続出するだろう。そこでうまいソバを必死に作って喰い物としての信用を恢復《かいふく》するのである。

そうでないと、ソバ喰いは救われない。

二

今年の正月、友人に誘われて谷川岳の麓の湯檜曾《ゆびそ》という小さな温泉に行った。正月、温泉にいこうとすると、もう何ヵ月も前から予約をして、先へ先へと手を打たねばならない。私は無計画な男だからとてもそんなことまでして出かける気はないので、自分の巣で寝正月をきめこむつもりだった。

そこへ友人から誘いの電話がかかってきた。湯檜曾には昔、行ったこともあり、思い出という奴がないこともない。もう二十年近い昔になるが、雪の夜、山の中腹を走る夜汽車の灯りを、汽車がトンネルに吸われるまで某女と二人で眺めていた記憶がある。

で、夜汽車を眺めに、又行く気になった。相変わらずただ湯ばかりがある静かな所で、平和なような退屈なような正月を送った。

しかし山の中だから、喰べ物はまことにつまらない。昼近く、私たちは旅館の前の土産物店などがポチポチと並んだ目抜きの道を散歩していて、名代手打ちソバの某という店を見つけた。

店の名前がどうしても思いだせないのが残念だが、店構えがその近辺としてはなかなか凝っている。

「どうせ旅館で昼飯は出ないし――」と友人がいった。「夕方までのつなぎにソバでも喰うか」

その友人が夫婦ともども喰いしんぼうな連中で、いつか私の巣へやってきてさんざん呑み喰いした末に、朝方の五時頃、稲荷鮨《いなりずし》が喰いたくなったといって、飯をたくやら、油揚げを煮るやら、大騒ぎをしたことがある。

で、まァ、そのソバ屋に入った。

四つ五つ、土間に卓があり、隅の一つがあいている。我々はそこに腰かけた。

店の右手には掘炬燵のある小座敷が二つ続いており、そのいずれにも五、六人ずつの人が坐りこんでいる。

店に入ったとき、フト、妙だな、と思ったのは、テーブルのどの客も手持無沙汰につくねんと坐ってるだけで、空いたドンブリすらもない。ソバ屋というものはできればすぐ運んできて客の誰かが喰べており、間断なく入れかわっているものである。

私たちが坐っている場所から調理場が半分ほど見える。釜からは湯煙がたち、初老の夫婦が天手古舞《てんてこまい》して働いている。近くの旅館からであろう、ひっきりなしに、註文の電話がかかってくる。

座敷の人たちは、肩を寄せあってテレビを眺めている。

しばらく待ったが何の気配もない。

「おい、あの座敷の人たちも客だろうか」

「さァねえ――」と友人が答えた。「正月だから、身内の者が遊びに来てるんじゃないか」

ソバを待つ客にしては、あまりに悠然としすぎている。なにしろ私たちが入ってから小一時間もたっているが、まだどの卓にもソバが運ばれてこない。

催促をしようにも、店主夫婦はわき目もふらず、飛びはねるように調理場を右往左往しているので、そのスキがない。

「座敷のほうの人は、客でなければいいがなァ」

「そうだな、あれも客だとすると、このペースではいつになったら俺たちの番になるか想像もつかない」

私たちは知人の誰彼の噂話をし、小説の話をし、ギャンブルの話をして、友人がしばらく滞留していたインドの話をしつくした。

隣の卓の赤ん坊が寝たり起きたり、二度も乳を呑んだ。

その間、ここがソバ屋という証拠のように、四、五人前の出前が一度、店の外へ出ていったきり。

友人の女房が隣の店でピーナツや煎餅を買ってきてポリポリ喰いはじめた。我々は仕方なく酒を呑んだ。酒だけは註文後まもなく持ってくる。

もうソバなんかいい、出よう、と席を蹴立てて飛び出す時機を失している。あまりに馬鹿馬鹿しくて、こうなったら此方も平気な顔を装おってあくまで待とうと思うだけである。

「まァいい、旅館に居たってどうせぼんやりしてるんだ。どこでぼんやりするのも同じことさ」

と友人がいった。

隣の子連れの客は、この店を知悉《ちしつ》しているらしく、我々以上にたじろがない。

「有名な店なんですよ。この辺では」

「おそくて有名なんですか」

「え？　いいや、本物のソバなんです。客の顔を見てからソバ粉をひいて、手作りのを出すんです」

「それにしても、ねえ――」

夕方近くなって、旅館の客らしい人物が、激怒した様子でどなりこんできた。

「どうなってるンだ。この店は――」彼は調理場の入り口まで行って、怒声を中に吹きこんだ。

「昼に註文したのが、何度催促してもラチがあかないじゃないか、ソバはできるのかね、どうなんだ」

「はい、もうすこしお待ちください、すみませんです」

「待てといって、夕食と一緒に届いたって喰えやしないぞ」

「へえ、でも順番にやってますんで――」と店主は表情を変えずに、座敷の客のほうを指さした。「あちらさんは、朝から来て待っていらっしゃるもンで」

怒鳴りこんできた客が、ふえッ、という顔つきになった。彼は、ソバ屋に逗留してしまっているような我々の顔を一人一人見廻し、急に気抜けした恰好《かっこう》でだまって戻っていった。

その人には我々が世にも阿呆な客に見えたにちがいない。しかし一杯のソバにここまで苦闘すると、馬鹿馬鹿しさを通り越して、旅情の一種になるから不思議である。

　とにかく我々は、とうとうその店のソバを腹におさめて、とっぷり暮れた道を旅館まで戻ってきた。

三

　その店のソバは、いわゆる田舎風のごわごわした奴で、まァ名代の看板に偽りでない程度の味だった。

　しかし私は、ソバ粉のソバという奴をあまり好かない。ソバ好きを自認しているが、街かたの、うどん粉たくさんのソバにすっかり慣らされてしまって、〝ソバはうどん粉に限る――〟と思っている。

　東京にもソバ粉中心のいわゆる名代の店が何軒かあるし、地方にもいろいろ名店がある。（たとえば桐生市の〝一茶庵〟、〝本陣〟。平泉中尊寺月見坂の途中の〝月見亭〟、箱根湯本の〝はつ花〟など）しかしソバ粉嫌いの私がわりにかようのは荻窪四面道《しめんどう》裏にある〝本むら庵〟という店である。

ここのはつなぎがほとんど入っていない。そのわりに細くてごわごわしてなく、モダンな感じがする。つけ汁が都会風に洗練されているせいもあるかもしれない。（ここのうどんが絶品で、このくらいのうどんは関東では他では喰べられない）

しかしこういう店はどこでもだが、一人前の量がすくなく、もりなら四、五枚は喰わないと喰った気がしない。すると千円近くかかってしまう。私は自転車でここにかよって、三人前ほど箱に入れて貰い、家に帰ってゆっくり楽しむ。これだとソバ四百五十円、うどん三百円。ここのうどんが冷蔵庫にある日は、朝早く眼がさめる。

それでも本当のことをいうと、協定価格の街のソバ屋でうまい店を見つけるのが好きなのである。

十年ほど前から三、四年の間、私は急に物臭太郎病が昂進して、原稿一枚も書かず、ギャンブルやらず、女と寝ず、なんにもしないで年老いた親もとで養われるという境遇になったことがある。

食欲だけはさほどおとろえなかったが、なにしろ金がない。当時一番安い喰い物はもりソバであって、小銭が手に入った日は、昼頃家を出て、電車賃が惜しいから歩いて目指すソバ屋に行って、一杯のもりソバを喰べる。これが楽しみだった。

麹町二丁目の角の〝満留賀《まるか》〟、ここはよくいったな。街かたの店としてはソバ粉がいくらかかっており、しかし都会風にスマートな仕立てになっている。

芝大門の前にもうまいソバ屋があった。大きい店と小さい店が向き合っており、その小さいほうだ。神楽坂の〝更科〟は開店の頃よくかよった。途中でソバの質が変わり、あ、職人が変わったな、と思うまもなくその職人が少しはなれた矢来町のほうへ同名の小さな店を出した。この店は今も、新潮社や旺文社など出版社の客でにぎわっている。

志村坂上の凸版印刷の前の〝寿々喜《すずき》〟というソバ屋、ここも編集者の人に教わった。たしかここは出前絶対おことわりだったと思う。

私は白い糸のような更科ソバをあまり好かないし、通人がよくいう〝藪《やぶ》〟のソバも、室町の〝砂場〟も、赤坂の〝長寿庵〟も、街方の名もなき名店にくらべて、それほどきわだっているとは思わない。ただ名もなき店にひどいのが多いから、老舗に行ったほうが安全だというだけであろう。

但し、老舗の中で、連雀町（須田町裏）の〝藪〟の穴子ソバ、これはソバはともかくとして、具の穴子の見事さに魅《ひ》かれる。私などが簡単に出入りする店の中で、関東で、これだけ見事な穴子をいつも揃えて喰べさせるところを知らない。このへんがやはり老舗だな、と思わせる。

それはそうと、ソバ屋の誰からきいたわけでもないのだが、この一年ほど、街のソバ屋さんの態度が変わりはじめているような気がする。

ちゃんと一人前ずつ、客の顔を見てから茹でて出してくれる店が多くなったのである。私の家のそばのへんてつもない〝竹の家〟というソバ屋さんも、行くと必ず女の人が茹でて出してくれる。うどん粉ソバだがこれがうまい。出前のとは別物という感じのうまさだ。

どういうわけかしらないが、ひょっとすると、ソバ屋さんがいよいよ、ラーメンやインスタント物に追われて必死になっているのかもしれない。

ちゃんと茹でたてを出してさえくれれば、どこの店のソバも、けっこううまいのである。この様子だと、私は糖尿病の身にもかかわらず、ソバ屋の前にくるたびに素どおりができなくなるのかもしれない。

はかなく溶ける芸術品

一

近頃、病気のために、食事規制をおこなっている。油濃いもの、栄養のありすぎるもの、糖性のものは全廃。米飯など、たまに寿司を少しつまむときのほかは箸をつけない。それで身体がいくらか調子よいような気もするので、しばらくこの規制を続けてみようと思う。だから、喰い物のことなど思いだしたくもない。

その最中に新評社の御喜家《みきや》社長が赤坂に席を設けてくれて、一夕麻雀をやった。各自の左手の小卓に酒肴がのっている。

酒はほとんど中絶しているので、そばにあってもとんと魅力を感じない。そのうえ胃袋が小食に馴染んできかけている折りなので、幾皿かの箸休めに手をつける気にもなれない。私はその酒肴に振りむきもせず、黙々と打って居た。

そのうちに鰻飯が出てきた。ああ、鰻。場所が赤坂であるからして〝重箱〟か、〝山の茶屋〟か。皆がうまそうに喰いだしたので匂いが強烈にただよってくる。

何かで気をまぎらわせようと思って、酒を口にふくみ、白和《しらあ》えやおからに箸をつけてみた。すると、ますます胃袋を刺戟してしまって、これから飯を喰おうとする準備段階が整ってしまったようである。

思いきって鰻の蓋をあけた。他人の飯の匂いでない、おのれの喰い物の匂いというものは又格別で、頭がクラクラしてきた。あッというまに箸が鰻へ刺さっていた。

喰べながらつらつら眺めると、板を荒挽きしたようにピンとなった鰻である。そのくせ口の中に入れるとトロリと溶ける。そうして甘ったるくない。そのへんの感触に製作者の凛とした趣向が感じられてまことに快い喰べ物であった。

御家喜さんは意志強く、きっちり半分残している。しかし私は、とうとう一粒も余さず平らげた。そうして鰻の罰が当たるかと覚悟していたが麻雀のほうも勝って帰ってきた。

それにしても、私のような巷の遊牧民の口に入るものとしては、鰻はもっとも御馳走然とした喰べ物であろう。

まだ麻雀で日夜明け暮れていた頃だから、二十何年か前、相棒と二人でその頃としては大博打《おおばく》に出かけるというときに、清水の舞台から飛びおりる気で、鰻を喰ったことがある。

その頃の私たちは、誰の所有物かわからぬ腐った物置小屋を占拠し、若者ばかり五、六人でそこに寝起きして眼ばかりギョロギョロさせていた。前に記したとおり、カラシソバや売れ残りの食パンなどを常食としていて、皆例外なく栄養失調であった。

おおばくのために、某所から軍資金（見せ金）を高利で廻して貰った。その金で鰻屋に飛びこんだのである。

忘れもしない。麹町の〝丹波屋〟という店であった。現今、〝丹波屋〟はモダンな洋風の造りになり、自動ドアなどできているが、その頃はうす暗く、鰻の匂いがしみこんだような店だった。

ところががっしりとした白磁の皿に鰻がでてきたとたんに、卓の上に菊の花が開いたかと思える按配になった。大輪の花のようにも見え、キャラメルでこしらえた菓子の模型かとも見えた。それほど美しかったのである。

それまでの私の念頭にあった鰻とは、全然ちがって、箸をつけるのが惜しい気がした。

こんな美しいものを喰って、博打の修羅場に出かけるのは神を怖れぬ所業のように思えた。その美しいものは、箸をつけると、はかなくもろく、溶けてしまったが、それ以来〝丹波屋〟の前を通るといつもこのときのことを思いだす。

二

たかが喰べ物を、凝りに凝ったところで舌先三寸すぎれば糞になるのは同じこと、とにかく美味しく喰べられればそれでいいではないか、という。それはそのとおりなので、しかし、そのとおりだからこそ、造るほうも喰うほうも凝ることになるともいえる。

およそ合理的な力というものは、どこまでいっても自然当然の力なので、人の心をうつのは、逆の無駄な力であることのほうが多い。

万里の長城も、スフィンクスも、現代の我々の眼には、なんとなく無駄な力に見える。そこに迫力が出るのである。

最初は美味《うま》いものを喰べさせるというあたりに目標をおいていろいろと努力するのであろうが、そうしているうちにそこにとどまらずに、上へ上へと目標があがっていく。ある段階に達すると、その上は、イメージの世界を現実に定着させうるかどうかということになり、そうなると製作者自身の内部の葛藤で、客の嗜好などほとんど関係ない。花びらのような、乃至、荒挽きの板に見えてトロリとくるような鰻は、喰べ物としてはそこまでいかなくてもいっこうにかまわないのだが、だから迫力がある。そうしてこの迫力が捨てがたい。

私は貧乏人のくせに、こういう境地に達した喰べ物（及び製作者）をかねがね尊敬している。大阪の〝生野〟とか〝吉兆〟。東京でいえば〝梅もと〟だの〝丸梅〟だの、そういうところの名手の包丁さばきを味わえたら、万金を投じても惜しくないと思う。

しかし行かない。行きつけないから、ちがう世界へ入りこんだような気分になる。あれが嫌だ。文化は人間全体が後世に遺していくものであり、無関係な人間など居ないと思いたいが、現実はそういう空気ではない。本物文化の伝承者たちは、理くつではないもっと何気ない部分で、私のような裾野の人間に対して冷ややかな眼を向けている。これは非エリートのひがみであろうか。

だから、私などが気がねなくスッと入っていけて、例の迫力を味わえる喰べ物が、鰻であるわけだ。

麻布の〝野田岩《のだいわ》〟の親父さんは、
「蒲焼きは一人で焼いていたら、ひと晩で六人前が限度、それ以上は疲れてダメです」
というそうである。店主のこういうセリフを、キザと思い、生意気という向きもあろう。世の中にはただの思いあがりでそういうセリフを呟くニセモノが多いのは確かだが、中には、無駄な力をこめまくって六人前でヘトヘトになるトンマな本物も居るのである。

これは鰻ではないが、神戸の元町通りに〝青辰《あおたつ》〟という一見平凡なお寿司屋さんがある。この店の売り物は穴子鮨。私は穴子・鱧《ハモ》の類《たぐい》に眼がないので、関西に行くとできうる限りこの店に出かけるが、これがなかなか大事業なのである。

昼少し前に店をあけて、午後の一時半か二時頃にはもうその日の分が売り切れてしまうのだ。神戸在住の人にきいても、〝青辰〟の穴子鮨を買おうとすると前夜から身構えなくてはならないというが、私は旅行者で、大概は他の用事を抱えている。

用事のほうをやりくりして、午前中に元町通りに行くためには、そのためわざわざ神戸に一泊しなければならない。

神戸には他に美味い物もあるからそれはそれでいいのだが、翌日、起きぬけにスッ飛んでいって、ひと握りの穴子鮨を包んで貰ってホテルへ帰り、魔法瓶の茶を肴に、喰う。それで結局半日潰れてしまう。

製作するほうもだが、喰らう側も、無駄な力のようなものをありったけ使っているうちに、なお喰い物に迫力が増してくるところが面白い。

〃青辰〃の親父さんはこんなことをいう。

「うちの穴子は、みんな二枚目やで。ツラが気にいらへんとよけてもうで――」

そのくらい穴子を選《よ》っているというのである。これもキザと受けとれるセリフで、しかし喰べてみて、それが正真正銘の本音であることがわかる。

だから註文ばかり多くて、穴子の数がすくない。おそらくほとんど商売にならぬのではあるまいか。近頃のように播磨灘が公害その他の理由で穴子が減って、九州、朝鮮ものばかり目立つようになると、余計であろう。

穴子の話が出たついでに記すが、十一月号だったかちょっと紹介した〃坂本〃という私の巣の近くの魚屋さんが、私の穴子好きを知っていて、

「これなら関西のにそうヒケはとらねえや」

といって開いた穴子を持ってきてくれた。

なるほど、東京で手に入るものとしては珍しく鮮度がいい。

包紙に大きな字で、煮方が書いてある。昔ふうのキチンとした料理法をあまり知らないカミさんのために記してくれたものであろう。

あなご、五人前

あなごは白焼きして湯どおしする。

みりん　一二〇cc

酒　八〇cc

酢　小さじ　一杯

ぐらにゅう糖　大さじ　一杯

醬油　六〇cc

みりんと酒を鍋に入れて、沸騰したら、あなごを入れる。又沸騰したら、醬油二〇cc。火は強火。五分煮《た》き、また醬油二〇ccを入れ、今度は中火にして五分煮く。残りの醬油を入れる前に、自分にて味見て醬油の量をきめる。

◎煮物ちゅうは眼をはなさないこと。

最後の一行が、料理人の気魄を自然に現わしていてなんとも面白い。カミさんはこのオジさんから、料理には食卓塩でなく荒塩を使うこと、工業酢でなく米酢を入手すること、など基本を大分教わった。カミさんは素人の私の言葉はほとんど無視するが、オジさんのいうことはよくきく。私のいいかたにまだ迫力が乏しいせいだろうか。

三

鰻というものが、もともとは田んぼの隅や沼地や河川などに棲んでいたことの証拠のように、なんだか草深いところ、たとえば埼玉県浦和市の郊外や、印旛《いんば》沼附近などに名店があり、以前は鰻を喰うことだけを目的にそういう場所まで行ったものだった。

浦和市郊外太田窪（浦和駅前からバスで行く）の〝小島屋〟などは、同じくその附近の〝萬店《まんだな》〟のズウ鍋（鯰《なまず》）とともに遠出するに足る店のひとつだったが、天然鰻がこうすくなくなった現在では、あまり特色がなくなったかもしれない。所沢の〝新妻《しんつま》〟なども大分おちたそうである。

こういう鄙《ひな》びた名店の趣きが残っているふうなのが（場所柄そう感じるのかもしれない

が）都内南千住の〝尾花〟である。

文藝春秋社刊の〝東京いい店うまい店〟の紹介記事によると、

『……お好み蒲焼というのを注文し、中串、というと大きさも厚さも新書版ぐらいのが四切れ出てきて、ちょっとぶったまげる。大串といったらどんなのがでてくるだろうか――』

と記してあるが、はじめて行ったときには私もぶったまげた。白焼きと蒲焼き、あわせて新書版八切れを腹の中におさめたのである。飯を喰うどころではない。酒もほとんど呑む余裕がない。

大きいばかりでなく、味の点も、〝野田岩〟や〝丹波屋〟のような気狂いじみた精巧さはないが、保証できる。（絶対に予約しなければダメかどうかまでは知らないが、お好みも喰べるつもりなら予約したほうがまちがいがない）

その大きな新書版を残らず腹におさめて、平常から出ている腹を余計にダブダブさせて、腹ごなしに浅草まで散歩した。

道々、鰻臭いゲップが出る。吐いても吐いてもゲップの連続である。言問橋《こととい》のあたりまできて振り返ると、背後の街並みが、夕靄《ゆうもや》に煙って見える。

それが、私の口から吐いたゲップに汚されて煙っているかと思えた。

そうしてその足で、金竜館横の呑み屋〝松風〟に行った。〝尾花〟であまり呑めなかった分、ここでとり戻そうというのである。

この〝松風〟は当時うれしい店だった。現在は息子の代になって、大分その空気が改まったが、まだ先代のお爺さんが生きていた頃、大仰にいえば下町じゅうの酒呑みが集まっていたのではないかと思える。

酔っ払いでなく、酒呑みである。

代表的な銘酒が樽でほとんど揃っており、客が丸椅子に腰をおろすと、間髪をいれず、その客の好みの酒がカンされて出てくる。なんにもいわなくても銘柄を覚えている。

「二度以上見えた方なら、全部覚えています」

というのが爺さんの自慢のタネだった。樽の銘酒がほとんど原価に毛の生えたくらいの値で呑める。そのかわり一人に三合以上は売らない。酔っ払いはおことわりだというのだ。実に店の規則を重んずる店で、ツキ出しが二、三種類、ひと口ずつ出てくるが、そのツキ出しを残して帰りかけると店員に叱られる。

カウンター以外に丸椅子を四つおいた卓が幾つかあるが、あるとき五人連れの客が、他の卓の椅子をひとつ動かしたら、やはりこっぴどく叱られた。

「勝手に店のものを動かさないでください」

小うるささもここまでくると、又一興という類になる。

ここのカウンターの客は誰も彼も日本酒の大通《だいつう》で、じっと瞑目《めいもく》して好みの銘柄を味わってる。だからうっかり隣の客に自分の酒を注げない。

ところがその日は、何がきっかけだったか隣の客と話がはずんで、お互いに三合ずつ呑み、又河岸を変えて呑んだ。

鰻が下地になっているから、こちらもスタミナがあるつもりだったが、相手がまことに豪酒で、夜更けまで梯子《はしご》しているうちにいいかげん酔っぱらった。

気がつくと、白い割烹着を着た人が、眼の前で、鋏《はさ》みにひっかけた細い紐みたいなものを、ツゥーと剝いている。蛇屋に入っていたのである。

昆虫のことばかり記しているが、私は巳年生まれで、したがって蛇がなにより怖い。その怖い蛇がまわりの瓶の中にうじゃうじゃ居る。

しかしその晩に限って、ショックは覚えず、

「どうですィこの青臭味、こたえられませんね、蛇はやっぱり、天然蛇に限る――」

てなことをいって、生き血も肝も残らず呑みこんだ。そうして帰る道々、またもや臭いゲップを吐き散らしながら歩いた。

百キロへのバカ喰い記

一

米飯をやめたとたんに、知り合いから庄内米を貰った。本当にいい米というものは田圃《たんぼ》一反歩ごとに特有の名がついているものなのだそうで、庄内のお米だってピンからキリまであるのだろうが、見たところ白くて小さい玻璃《はり》のようによく磨かれている。

しかし、喰べない。私には持病が四つも五つもあり、慢性脳溢血、慢性猩紅熱《しょうこうねつ》、慢性直腸ガン、慢性糖尿病、そして病名は度忘れしたが、神経系も大分おかされており、危篤というほどではないが、いずれも二期から三期に進行中である。喰べれば、必ず体内の病菌が動揺してよい結果を産まない。

何故か、食事規制をはじめてから、貰い物が多くなった。このひと月の間に貰った物を列挙してみると、広島菜、庄内米、びわ湖の鮒鮨《ふな》、獲れたての白鱚《しろぎす》、同じく蛤《はまぐり》、茄子《なす》の味噌漬（手製）、里芋、牡蠣《かき》の樽、オランダチーズ、りんご。

私の好物ばかりであるが、全部、喰べない。誰もが私を口ほどにもない男と思い、私の大声の食事規制を歯牙《しが》にもかけず、いろんな物をくれるが、私も意地で、ぜひ細々とした男になって実行力のあるところを見せてやろうと思う。

どういうわけか、この原稿担当の本誌N君までが私を毒殺しようとかかって、日曜日に、わざわざ、所沢在の産物、さつま芋のカリントウを届けてくれた。

前記の諸品とちがって、カリントウだから袋に指先をいれればすぐに喰える。二つ三つ口に放りこんでみると、さすがにうまい。芋がよろしい。そしてカリッとしきらないところが素人製の味になっていてなんとも気持ちのよい喰べ物だ。またたくまに大袋を喰べきった。そうしてせっかく減りかかった体重が三キロほどぶりかえした。

米をやめ、うどん、そばをやめ、赤飯、餅、ケーキの類もいっさいやめ、たったひとつ主食系でやめられないのは、パンである。

私の巣の近くの西荻窪のガード下に〝アンセン〟というパン屋さんができて、ここのパンがひどく気に入った。

元来、杉並一帯は以前から〝好味屋〟とか〝栄喜堂〟とか、わりに熱心なパン屋さんが多いところだ。特に〝好味屋〟のバケットは軽快で、喰いつきだすといくらでも入ってしまう。

新宿裏に巣食っていた頃、なんとなく手伝いに来てくれていたA嬢という学生さんがいた。彼女が阿佐ヶ谷から出てくる。そこで来るときに、毎日〝好味屋〟の焼き立てのバケットを四本ぐらい買ってきて貰う。

彼女もパン好きで、阿佐ヶ谷から私の巣へくるまでの間が待ち切れず、電車の中で、乃至は歩きながら、チビリチビリと千切っては喰い、たいがい私の巣にたどりつく頃には一本の半分くらいがなくなっている。

そうして私の巣で、二人して千切っては喰い千切っては喰いして、夕食までの間に喰いつくしてしまう。

今にして思えばA嬢はなかなか独特なフィーリングを持っていた娘さんで、熱狂的なじゃが芋好きであった。彼女当番の夕食は、彼女の母親の得意料理だったといって、じゃが芋をすりおろした味噌汁、じゃが芋サラダ、じゃが芋コロッケ、という珍な献立てになる。

私もじゃが芋好きだから、もりもりと喰って、バケットとじゃが芋で腹がふくれかえり、二人で交替にトイレに行って大量の糞を吐き散らした。

けれども毎回、何の変化もなくじゃが芋が続くとさすがに少しうんざりする。私は彼女が帰ったあと、近くにある二十四時間営業のストアに出かけてステーキ肉を買いこみ、明け方近く一人で焼いて喰った。

ある日、たまには葱の味噌汁がすすりたい、といったら、

「好き嫌いをいっちゃ駄目です」

とさんざん叱られた。

たしか寒い日だったと思うが、彼女がバケットのかわりにトイレットペーパーを抱えてやってきたことがある。

「風邪をひいたんです――」と彼女はいった。「だからパンが持てないから、寄らずにきました」

間断なく鼻汁が流れるので、電車の中でも鼻をかまざるをえない。その都度《つど》、彼女はりゅうりゅうとトイレットペーパーをしごいて用を足したらしい。だからパンを持つどころではなかったのである。

次の日、A嬢の風邪はますますひどくなったらしく、右手にトイレットペーパー、左手に紙袋をさげて現われた。

「パンかね——」

「いいえ——」と彼女はいった。「鼻をかんだ紙を、この中へ捨てるんです——」

二

信じたくない人は信じなくてもかまわないが、当時、私の巣には十七、八から二十才くらいの若い娘が何人も集まってきていて、食事や洗濯や電話番や来客の相手などをしてくれていた。

もちろん、私とは、父親と娘のような関係である。私は彼女たちに対して完全に紳士的であり、本当に娘のように思っていた。彼女たちの多くは親もとを離れて、一人で都会生活を送っており、わがままをいえる場所に餓えていた。私は自分がわがままだから、どこか一カ所だけ、勝手気ままができる場所を作ってやりたいと思った。

彼女たちは或いはつつましく、或いは相当乱暴に、私の巣の中ではねまわりはじめた。

それでも女の子のすることだから私にたいした被害がかかるわけではない。

アパートの一人暮らしの女の子というものは、男にとって一番たやすい獲物で、単なるセックスの吐き捨て場としか見ない傾向がある。私も最初、下心ゼロとはいい難かったが、毎日昼間顔を見合わせているうちにそんな気持ちはなくなった。

ある日、夕食のすんだあとで、持病の慢性脳溢血がおこり、私は頭を抱えて畳の上に転がっていた。居合わせたB嬢が、どうしたのかときく。

頭の中で小爆発がおこったのだ、と私はいった。B嬢は立って薬を探したが、私の巣に薬などはなんにもない。

じっとこうやって我慢をしていれば、そのうち治るか、死ぬか、するだけだ、と私はいった。するとB嬢が泣きだした。大粒の涙をポロポロこぼして泣いた。

その涙が新鮮で、私はびっくりしてB嬢を見つめていた。あのときはちょっと危なかった。

C嬢が、江古田駅前で評判だというお豆腐屋さんのがんもどき（というより京風のひろうずであった）を買ってきて、煮つけてくれたことがある。C嬢の煮つけ方は、最初、日本酒を鍋に入れ、火をつけて燃やしてアルコール分を抜いたものを煮立たせる。

私はそのがんもどきをうまがったので、数日後、D嬢が江古田まで出かけて買ってきた。そうしてC嬢のやったとおりの味にしようと、見よう見まねで台所に立った。

私が偶然、台所に来て見たとき、D嬢は、大きな鍋に一升瓶の酒を残らず注ぎ、満々と張った奴に、今まさにマッチで火をつけようとしていたところだった。その時も、ちょっと危なかった。

どんなきっかけでそういうことになったのか忘れたが、E嬢とF嬢を連れて、上高地だの黒部だの白馬だの、行き当たりばったりに信州の山々をフラついたことがある。

どこに泊まっても、彼女たちは食事を二人前喰った。そうして私は負けぬ気になって三人前喰った。カレーの次はハンバーグ、その次はエビフライというふうに。

ベッドが三つある部屋か、それがなければ二人部屋に補助ベッドを一つ入れてもらって仲よくサンドイッチになって寝た。

「フロントじゃ我々のことをなんだと思ってるかなァ」

「親子だと思ってるでしょ。そうにきまってるわよ」

還暦がだんだんと近づいてくる私といえども、奮いたって奮えぬということはなかった。

そんな気持ちにならなかったのは腹が一杯で、胸苦しくて他のことは考えられなかったたからである。もしかしたら食堂で喰べまくったのは彼女たちの作戦だったかもしれない。

私が新しい女と暮らしはじめてから、彼女たちも自然と足が遠のいていった。あれからもう四、五年になる。もう皆、お嫁に行って子供を作っている年頃である。

トイレットペーパーのA嬢の結婚式があったのはつい先月のことである。

しかし、人生はなかなかそんなにトントン拍子にはいかないもので、最近、チラリと耳に入った噂では、中の一人が大変に辛い経験をしているらしい。東京のどこかにいるらしいが居所もわからない。なんとなく、気になる。スーパーマンとはいかないが、私だって力になれぬものでもあるまいに、おうい、彼女、居所ぐらい知らしてこいよ！

三

流れ流れて何を記しているのかわからなくなってしまったが、話をパンに戻そう。

十年ほど前に〝スパイ〟という欧州映画があった。この中で、クルト・ユルゲンス扮する主人公が、旧知の女の家へ逃れてきてかくまって貰う。

女の人がパンとコーヒーを運んでくる。ホットドッグにするような、いわゆるコッペの小さな奴なのであるが、ユルゲンスがひと口かぶりつくと、バリッと音が出る。映画だからオーバーになってはいるが、皮がバリバリするほど硬くて、中はふうわりと柔らかい。〝スパイ〟という映画の他の部分はすべて忘れたが、そのパンのうまそうな感じが頭の中にこびりついた。

で、それから必死でそういうパンを探したが、どこにも見当たらない。表面色が紅茶色に光っていてツヤがあり、硬そうな皮だがヒリヒリするほどうすい。コッペパンの皮と同じうすさである。

あるとき、東中野のホームから見える喫茶店に、朝入ったら、まったく同じようなパンがモーニングサービスに出てきた。もちろんこのパンの出所を訊ねたが、そのときはマネージャーが居ないとかでわからなかった。

その次、行って見るとその店が失くなっていた。私としては白昼夢に出あったような感じだった。

それ以来、クルト・ユルゲンスがかじったパンに出遇わない。

西荻窪ガード下の〝アンセン〟にもこのパンはない。但し、似たものはある。皮がバリバリ硬くて、中がふうわりしている奴である。しかし皮が厚い。私の夢見ているのは、ヒリヒリするほどうすい皮の奴だ。

そのことを別にすると、〝アンセン〟のパンは私の知りうる限りで最高である。特に食パンがうまい。皮からも中の白味からも、パンの匂いが濃厚にする。パンや、豆腐や納豆やお新香なんてものは、その品物特有の匂いが強烈であればあるほどいい。

うまい物はすぐに知れるらしくて、開店まもないのにこの店はもう人々が蝟集《いしゅう》して行列を組んでいる。日に四回だか、食パンが焼きあがる時間をすこしすぎるともう売り切れ。

私は自転車を転がして、毎朝運動がてら、この店まで行き、焼き立ての熱い奴を一斤買って、大いそぎで戻ってくる。そうして、二切れほど、丁寧に喰べる。パンで肥《ふと》る分は、自転車をこいで消耗しているというのが私のいい分であるが、さてどんなものだろう。

以前、目白に住んでいたとき、すぐそばの大通りの近代的なビルの中に、青山の〝ドンク〟の分店があって、よく買いにかよった。〝ドンク〟は神戸に本拠がある店だが、神戸の知人の言によると、〝ドンク〟など神戸じゃ通俗店のひとつさ、ということだが、まんざら嘘とも思えないのは、街の中のなんでもないパン屋のパンが実にうまいのである。パンと牛肉は神戸に限る。

しかし東京の水準でいえば、〝ドンク〟は決してまずい店ではない。特に、なんというのか名は忘れたが、バケット風の細身のパンの中にサラミだのハムだのを詰めこんだ奴がおいしい。

で、〝ドンク〟へかよっているうちに、〝ドンク〟の隣に、もうずっと前からあるような貧相なパン屋があるのに気がついた。

こんなところへ〝ドンク〟が店を出してはこちらはさぞ商売に影響があるだろう、場所が不運だったな、と思いながら眺めていたが、毎日その前を通っているうちに、気持ちがだんだん小さなパン屋さんのほうに傾斜してくる。

小さなパン屋さんのほうも、店の裏手に工場があって、ちゃんと自家製のものを売っている。片やフランス風にオツにすましたパン、片や、ジャムパンだのアンパンだのという伝統的なパン。

それにしても、ここで並んで売っている以上、店主はいやでも〝ドンク〟を意識しているだろう。〝ドンク〟と対抗して気を張った商売をしているにちがいない。

小さな店で、ためしに買ってみた。クリームパン、チョコパン、小倉パン、これがうまいのである。甘いパンは私は好きではないが、それ以来〝ドンク〟のほうにはごぶさたになってしまった。

しかし考えてみると、こういう不運な場所にある店はまずいわけがない。まずくてはやっていけないだろうから。

〝丹波屋〟や〝秋本〟のある麴町界隈の鰻屋さんが、総じてうまい店が多いのも似たような理由であろう。上野にトンカツ屋の名店が集まっていたり、ラーメン屋さんもうまい店の周辺に水準以上の店が集まるのも同じ理由によるものか。

子供の頃から喰べなじんだフランスパンの〝関口〟や、麴町及び銀座四丁目の〝木村屋〟についても記したかったが紙数がなくなった。

グータラ、寒ダラを喰う

一

今年の一月一日の朝、眼がさめたとたんにカレーライスが喰いたくなった。とるものもとりあえず、ありあわせの材料でカレーを作り、大皿に二杯喰って腹が突っ張り、一日じゅう不機嫌になった。

昨年の一月一日の朝は、突然、稲荷鮨が喰いたくなったことを思いだす。しかし油揚げの用意がない。元日の朝まだきで豆腐屋があいているわけはない。

「缶詰の稲荷鮨というのも売ってるわよ」

「なんだ、それは——」

「知らない。油揚げの煮たのが入ってるンでしょ」

もしそうなら我意に添わない。なにしろ街で売ってる稲荷鮨というものは、大手の有名店であろうとなかろうと、皆、飴煮したように甘ったるくて喰べられた代物じゃない。稲荷鮨は是非、自家で造らなければならない。私の知る限りでは、昔、九段の三業地の市ヶ谷寄りの裏道に甘くない稲荷鮨を売る店があった。大分以前に店がなくなり、近所の人にきくと市谷田町のほうに越したとかで、苦心惨憺《さんたん》して探し当てたが、仕出しの弁当屋に転業していた。

甘くない稲荷鮨が何故商売にならないのかよくわからないが、とにかくじっとしていられないから煮てない油揚げを求めて近所の店を探索に出かけた。

一軒のおかず屋さんで、ここもカーテンをおろしていたが、そこのお内儀が戸をあけて外へ出てきた瞬間に中へ押し入り、店内を一瞥すると、売れ残った奴が四、五枚あった。急場を救ってもらって感謝しながらその油揚げを買ったが、もっとも売れ残りを無神経に置いてあることもわかったから、二度とその店にはいかない。

それはともかく、眼ざめとともに喰べ物を発心するのは、元旦だからなにか新鮮な思いつきのように感じられてあくまで我意にこだわるが、平常だって珍しくはない。

壮年の頃は、朝、喰べ物のことを考えるという習慣はなかった。前の晩の夕食を喰べながらあれこれ考え、喰べ終わるまでには内心でまとめてしまう。

近頃はすぐ満腹になってしまって、その満腹がまたひどく重苦しくて、食事中に他の食事のことなどとても考えられない。なにしろ一人前のソバを喰ってもう満腹してしまうくらいなのである。

元旦のカレー二人前などは例外で、昨年後半必死で主食をやめ、減量食に慣れさせた影響で胃袋が小さくなってしまったらしい。そういうふうにも考えられるし、年令のせいでなにもかもおとろえて、多量には喰べられなくなっているようでもある。

つくづく考えると後者にまちがいないようで、その証拠に、食事規制をしていた期間、ひもじい思いをしたことは一度もない。規制したつもりでいたが、実際は満腹でもうそれだけで充分だったのである。私は無努力の男だから、食欲不振の助けを借りなければ、食事規制などできるわけもないし、又その意志もない。

何かを喰い終わったときほど不愉快なものはないので、腹は突っ張らかり、涙と鼻水が流れだし、喉が渇き、胸がやけ、そのうえもう喰えないという絶望感が重なる。腹を空《す》かしていたときがなつかしい。腹を減らして、何かが喰いたいと思っているときが天国である。

だから強い胃薬をガポスポ呑み、この不愉快さを逃れようとする。で、二時間もするとなんとか人心地がついてくる。そうして何かが喰いたくなってくる。

腹が減って喰い物のことを考えるときが一番幸福なことは重々承知しているが、その幸福ははかないもので、腹が減れば何かを喰ってしまうから、すぐに又胃薬が必要になってくる。

錠剤あり、果粒あり、粉あり、発泡剤あり、なんでもよろしい。混ぜこぜにして呑む。飯を二膳喰って、胃薬を一膳呑むという感じである。先日トイレに行ったとき、排泄の最中に、ポロリンという音がした。よく改めはしなかったが、あれはおそらく、胃薬がよくこなれないで出てきたものだと思う。

いずれにしても、若い頃は喰うということに関してこんな大苦労はしなかった。食欲は自然当然のもので、人工の工夫をするようになっては終わりである。おいおいと還暦に近づく身のおとろえをひしひしと感じる。

二

胃薬を詰めこんでもどうしても不快感が治らぬときがある。そんなときは寝てしまうよりしかたがない。

眠っている間に薬が効いて胃の中が空《から》っぽになる。だから私が見る夢の大部分はものを喰う奴である。

大概の人は、口の近くに喰い物を運んで、喰いつく寸前に眼がさめるという。私はそんなことはない。ほとんど喰べ終わる。

銀座〝木村屋〟のヘソ餡パンをパクリとやる。或いは〝ロバートスン〟の苺ジャムを上野〝永藤〟のパンにこってり塗ってかぶりつく。或いは又、東長崎の〝東亭《あずまてい》〟のしゅうまいが三宝に山積みになって出てきた奴を両手でもりもり喰っていたりする。

喰っては醒め、喰っては醒め、口の中がキナ臭くなって眼が醒める。私の夢はカラフルだし、夢に季感はないから、冬に夏の喰い物が出てきたりして多彩である。

今朝は、文字どおり眼の醒めるように青々としたグリンピース御飯を飽食した。

そういえば、大阪道頓堀の一隅に、たしか〝今井〟といったかな、（名前がはっきり思いだせない、記憶ちがいかもしれない）ぐっと庶民的で目立たない御飯屋さんがあり（麺類もあるが）春は筍《たけのこ》飯、初夏は豆御飯、秋は栗飯、といったふうに季節季節の色を混ぜた御飯を出す。これに軽いお菜がついてくるのであるが、さっぱりしていてまことにうまい。

去年の秋、ある週刊誌の誌上麻雀の観戦でスタッフと一緒に大阪へ行った。会場は南の某料亭で、大阪では屈指の店だという。

出場者がそれぞれ忙しいタレントで、夜更けでないと身体があかず、待っている間、その家の料理をご馳走になった。

海老が出てくる。鮎が出てくる。鯛のお造りが出てくる。結構ではあるが、なんとなく影がうすい。私のような無頼漢は、名手の絶品というならともかく、単なる上等型式の料理はお歯に合わない。

ところも南の盛り場である。堀ひとつ越せば、魚のうまい〝まつ本〟あり、関東だきの〝たこ梅〟あり、肉の〝はり重〟あり、焼き鳥の〝おか輪〟あり、手銭でどこでも楽しめる。

そのうち、ああ、栗飯の季節だな、と思った。矢も楯もたまらず、その家の料理を平らげてから、例の店に行って栗飯を喰った。そうして満腹して帰って、観戦の頃になって眠くて困った。

数年前のことだが、やはり誌上麻雀を観戦している最中に、そのときは何も喰ったわけではなかったが、突如眠くなり、畳の上に崩れ折れて大鼾をかいてしまったことがある。バツが悪くて、ひょっと眼がさめたがなかなか起きあがることができなかった。

それ以来、眠らないように一心不乱に気を使っているが、たいていの会場に控え室がないからまことに困る。なにしろ眠いとなったら待てしばしのない男である。控え室のあるところはまだよろしい。控え室がなければ、廊下の椅子でうとうとする。廊下もなければ、しょうがない、一度そのうちを出て、近くの喫茶店なり駅のベンチなりに席をとる。先日など、神田橋でやっていて走って外へ出て、タクシィを停めて宮城の外郭をひとまわりしてきたことがある。その間、眠ろうとしたのであるが、眼が冴えている間に神田橋へついた。

眠いという奴は、満腹感が得られたときに多くの場合襲ってくるが、そうとも限らないときがある。何かを喰いはじめて、ああ、このぶんだともうすぐ腹がいっぱいになるな、と思ったとたんに、その思いが引き水になって、どっと眠さが押し寄せてきて、喰べ終わるのを待つことができない。

しかし途中で喰べるのをやめることもできないから、眠りながら喰べることになる。眼をつぶっているから見当をつけることができないので、何が口の中へ入ってくるかわからない。灰皿にもみつぶした煙草の吸殻を喰ってしまう。そういうことが再々にわたってある。

これと似た例があるというのは、私は麻雀をはじめると眠くなる癖があるが、眠りだしても牌をツモる手はとめないので、ときどき見当が狂って他人の手牌や捨牌をツモってきてしまうことがある。

この間、ある人が派手にポンチーして、裸単騎にしていた。私は眠りながらやっていたが、そうしているうちに結局流局になった。ノーテン罰金の関係があるので、その人は自分の単騎の待ち牌を明示しようとしたが、その牌がない。卓の上にも下にも、どこを探してもないので、論議の結果、チョンボということになった。

血は争えないもので、私の父親が、よく寝る。今年九十一才であるが、一日じゅう、ウトウトしている。そうして炬燵の上の膳に食器を並べる音がきこえると、はっきり眼をさますのである。

数年前、つまり彼が八十七、八才の頃であるが、ある日、がっくりと声を落としてこう呟いた。

「俺ももう長くない。食欲がおとろえてきた。このドンブリに一杯がやっとこさだ」

それまでは日に三度ドンブリに山てこ二杯ずつ喰っていたのである。しかし父親は、すこしも肥らない。

食事をすますたびに、日に三度、大いそぎでトイレに行く。それが健康の理由らしい。

「鳥を見ろ。奴等は糞を腹の中に貯めやしない」

私も鳥になったつもりで、一時期真似てみたことがあったが、素人がやってもそうそうスムーズに出るものではない。しまいに肛門粘膜がしびれがきれたようになってやめた。

私の考えでは、父親は腸機能が未熟なのだと思う。腸が駄目だから栄養を吸収しない。したがって肥らず、喰ったものをどっと外へ押し出してしまう。

こういう喰いすぎの時代には、腸機能が不完全なことこそ健康の第一義なのである。なんの因果か私などは腸が完全無欠でありすぎて、人一倍働くから、肥りかえるのみならず、私自身の労働意欲が全部腸に奪われてしまうのである。

三

鱈《たら》は、魚篇に雪と書く。寒のうちがシュンだと子供の頃に誰かに教わった。むろん、魚屋の店先には年がら年じゅうある。東京のような都会ではクスリで加工した塩鱈が大部分をしめ、まァ、下魚《げざかな》の扱いを受けている。湯豆腐のダシだぐらいに思っている方もあろう。

が、産地のほうへいくと、鰤《ぶり》や平目と並んで魚のお職である。そのうまさは、都会人の多くの人の想像を超える筈だ。

寒明けの鱈は喰えない、などという。

シラミ（おそらくプランクトンの一種であろう）が湧くのだそうで、寒明けから一日でもすぎると値がさがる。それほど厳密にすることもあるまいと思うが、実際、寒の最中の味と寒明け近くなった頃の味とではちがうのである。

漁場もあって、根室以北か、逆の日本海方面のものがよく、三陸ものになるとぐんと値がさがる。黒汐のプランクトンのせいかもしれない。どういうわけか知らないが、鱈子は、日高あたりの沖合でとれたものが最上級らしい。

そういう鱈は東京に運ばれてきても、ほとんど高級料理店に行ってしまう。我々庶民の手が出ないというほど高いものではないが、鱈というイメージにしては高値で、普通の魚屋さんではさばきにくいらしい。

毎年、冬になると、親しい魚屋さんに頼んでおいて、本格の鱈を手に入れる。産地なら刺身にするような奴である。鱈のフライも、甘くて絶品だというが、まだ一度も試したことがない。まっ先に鍋に入れて、喰いつくしてしまう。

この冬も、数回、舌鼓みをうった。そうして気がついてみると、寒明けということになった。この小文に再々出てくる〝坂本〟という近所の魚屋さんが、

「これ、岩内《いわない》（北海道）で一昨日とれた奴。これで鱈は終わりですよ」

という。この坂本さんは一匹の鱈を手にすると、完全な身のところだけ切りとって、一日中、冷めたい真水でごしごし洗い続けるのである。

眺めたとたんに、清水一行さんにこの鱈を持っていってやりたくなった。一行さんにはつい先日のマカオ遠征で、麻雀新選組の連中が世話になっている。それもあるが、マカオの〝ネサダ〟とかいうすこぶるムードのいいポルトガル式料理店で海老を喰いながら、寒

鱈の話をしたばかりだったからである。

で、自転車に飛び乗って、小一時間の道のりを走り、まことに押しつけがましい贈り物を持っていった。

夕景のこととて、その日の夕食の手筈はもうついている筈である。麻雀でしか現われない男が、突然、鱈をブラさげてきたというので、清水夫人はなんとも了解しにくい表情をしていた。

しかし私には私だけの感慨があるので、

「これがこの冬最後の鱈です。奥さん、もうこのあと、鱈は買っちゃいけません」

清水家に居合わせた編集者氏が、不思議そうにこういった。

「自転車で来るなんて、又自転車で帰らなくちゃならないでしょう。意志が強固ですなァ、阿佐田さんて、もっと意志薄弱な人かと思ったけれど」

なるほどそういえばそうである。十日ほど前に降った雪の残りかすが凍りついている暗い道を引返しながら、しかし私は鱈の鍋のことばかり考え続けた。

この冬最後の鱈――。このぐうたら男が、この次の冬まで生きながらえて、はたして再び寒鱈を口にすることができるだろうか。

日本海に陽が落ちて

一

近頃はどの雑誌にも同じような部分があって、似たりよったりの部分を構成する中の一人としては、映えないことおびただしいが、他誌のそういう記事を撲滅するせめてもの一策として、まず私自身が他誌の読物を読まない。私が読まなくてもなんともないくらいだから、そういう記事はなくても誰一人困らないので、そうして私の書いた物だけを読んでいただく。この運動を世界に拡げたい。第一、他人が書いた同じような読物を見ると、私自身の図々しさに傷がつき、弱気がおきる。

そんなことを思いながら、某週刊誌のオフセットページを占めている江國滋氏の〝うまいもの紀行〟という一文を読んだ。

江國滋は年来の友人であり、むせびなく弦楽器のように物腰の柔らかい喰いしんぼうであることを知っているから、私の原稿の邪魔だが、やむをえない。

その一文の中に、奥能登の小木《おぎ》の旅館で、海の幸を飽食して、喰っちゃ寝、喰っちゃ寝の数日間をすごすのが夢だというくだりがある。

まことに同感で、江國氏の筆力のせいもあり、読むだに口中に涎《よだ》れがたまってくる。

先月のこの小文で、寒鱈のことを書いたばかりだが、鱈は寒中に限るし、鰤も鯖《さば》も鰯も鯛も、冬がしゅんの魚は産卵期に入って味ががたがたに落ちる。そういう冬の魚にしばしの別れを告げたばかりであるが、内心は未練たらたらで、あの寒風吹き荒れる日本海の海辺ならば、最後の晩餐のくりかえしがまだできるのではないか。

そう思いたつと矢も楯もたまらなくなった。過日、西武園でおこなわれた競輪ダービーでいただいた臨時収入がある。ひとつ奥能登へ行って、喰っちゃ寝、喰っちゃ寝、をやってきましょう。

幸いなことに、身体の不調に理由を借りて、去年の夏から仕事らしい仕事をやっていない。自由の身が臨時収入を得たので、鬼に金棒とはこのことである。

早速、江國邸に電話して、奥能登の旅館を紹介して貰った。

能登半島という奴は、私の概念よりはるかに大きくて、金沢で乗りかえてから半島の先っぽまで急行で三時間はかかる。房総半島に匹敵する感じである。

半島の先っぽに近い能登小木という小駅でおりて、〝百楽荘〟という旅館についた。海辺の山の上にあるなかなか近代的な旅館である。そうしてひたすらお膳を待った。

出ました、出ました――。

宗家《そうけ》盛りと称して、このへんの漁師が使う深い目ざるに、ずわい蟹、鯛、車海老、小さな鰈、さざえ、バイ貝、もろこ、めばる、しゃこ、など海の幸がどさどさっと盛りこんである。

別の大皿に、鰤、鱈の刺身、甘えび。

鍋には鱈ちり、小皿には生うにだの岩のりだのこのわただの。

これだけで一人前である。

カミさんと差し向かいで黙々として喰った。ウイスキーの水割りがあまり減らない。会話もあまりはずまない。ただ、額に青筋をたてて喰う、そんな感じである。

東京で、たとえば六本木の〝瀬里奈〟、あそこは蟹そのものはおいしいけれど、ちょっと気合を入れて喰べまくると一人一万円の余はかかる。そんなところへは異常な決意をしなければなかなか行かれない。

それでも私は、タラバよりも毛蟹よりも、ずわい（松葉蟹）が大好物だから、十一月頃になるとお小遣いをポケットにねじこんで、比較的安く蟹が喰べられる店を探す。どの店も飛行機で直送とうたってあり、事実そうであろうけれど、身のしまり加減、香り、いずれもやっぱり差がある。

これが本物のずわいだという奴が、眼の前に無造作におかれているのである。

鱈も鰤も鰈もさることながら、日本で喰べられるえび類の中で抜群にうまい甘えび。これも東京では、本物は喰べられない。あのうす桃色に濡れ光るような奴を口の中にいれて、プツッと嚙むと、特有の甘さがいっぱいにひろがってくる。

そうして二日目の晩に出た鮑《あわび》の刺身のうまかったこと。きりっとしまっていて、しかもしねしねと柔らかくて、甘い海の香りにむせながら私たちは争って箸を出し、大皿に盛られた奴をアッというまに平らげてしまった。これが鮑なら、これまで喰っていた奴は靴の底の如きものであった。

こんな法楽を味わって、なにか罰でも当たるのではないかという気が、ひしひしとする。

二

夜明けに眼がさめてみると、窓の下の深い入江（九十九湾《つくも》）に、霏々《ひひ》として雪が舞っている。空が粉々になって崩れ落ちてきたかと思うような大雪である。

入江の水は周囲の山の緑を映して蒼々と静まりかえっている。厚い雲にさえぎられてもちろん陽は出ないから、蒼い水が濃緑のようになる、それが夜が明けた証拠である。

この九十九湾は、能登半島でも女浦と呼ばれる側にあり、池のように穏やかである。しかし、輪島塗の輪島や能登金剛のある反対側の男浦は、日本海の怒濤が直接、断崖にあたって壮絶な趣を呈している。

日本海の夕景というものは、知らない読者になんといって伝えたらよいのだろうか。厚い雲の彼方に陽が沈んで、しかしまだ四辺がうす明るいという一刻、海の水が濃い紫になる。あの悪夢のような紫は何にたとえようもない。岬に一人で立って、長い時間、荒れ狂う紫の海を見ていると、うけあい、気が狂う。

博打放浪を続けていた頃の私は、この日本海の夕景を再々にわたって直面した。雪国の冬は、室内博打がさかんになる。で、博打うちはよく出稼ぎに行く。出稼ぎというときこえがいいが、東京で拙《まず》いことがあったり、食いつめたりして、流れ歩くのである。北陸から新潟、山形と歩くと、汽車の中でも、小さな町でも、大概のところから日本海が見える。

ある年の冬、私としては珍しく女と二人で行った。これは博打の旅打ちというわけじゃない。要するに駈落ちである。その女性はホステスだったが係累が多く、一家の柱になっており、おいそれと世帯《しょたい》は持てない。私は全くの肩書き無しの博打稼業、今日万金を持っていようと明日は素寒貧という身の上である。

女からするとそうした積み重ねがヒステリックにさせたのかもしれない。

新潟市の安宿で、

「誰だって一人は必ず専属の騎士が居るものなんだ。いつかきっと、君にもその男が覆面をとって現われる。安心おしよ、そいつはきっとすばらしい奴だぜ」

てなことを、今思えば汗の出るようなセリフだが、当時私は二十才前だったし、いや、不真面目にいっていたわけではないけれど、結局は子供のセリフだった。

時節を待て、というふうに彼女にはきこえたことだろう。けれども私は博打に気が行っていて、世帯を持つ余裕というより、意志が乏しかった。その弁解を苦しくセリフにしていた気味もある。

彼女はその後もずいぶん長く私を待っていてくれたようだったが、私のほうが依然として放浪気味で、とうとう実を結ばなかった。そのため彼女は婚期を無駄にすごしたようなことになった。思い出すたびに心が重くなる女性の一人である。

そのときの旅は、まもなく旅宿代にも困るようになり、海辺の小さな寺に泊めて貰ったり、大雪の中、駅で抱き合ったりしたが、とうとう雪の高田市の割烹で、女は仲居になり、私は用心棒のようなヒモのような、得体の知れない存在で居坐った。

しかし、とにかく住みこみ奉公である。彼女は女中部屋で、私は板前さんたちと一緒の部屋で寝る。別れ別れの身の辛さ、昼間だって廊下でスレちがっての立話にも遠慮しなければならない。

昼間は、私のほうは雪をかきわけて街なかの麻雀博打などにありつくが、夜も留守しているわけにはいかないので、退屈このうえもない。客商売で、目立つところに男が居てはいけないので、客が来ている間は物置きみたいな部屋で一人じっとしているのである。

やっと、夜更けになって、板前さんたちとしゃべりながら掘炬燵に足を突っこんで寝る。

佐渡の沖合いでとれる鱈のうまさや、信濃川の鮭の絶妙な味をおぼえたのはこのときである。

信濃川に限らず、久慈川など関東一円の河川で少量とれる川鮭は、一般の口にはなかなか入らないくらい高級魚とされているのだ。北国で、押し合いへし合い、大量にとれる鮭よりもぐっと値が高いのである。

やがて一人の板前さんと仲よくなり、その割烹をともども逐電して、又新潟市に舞い戻り、女は仲居さん、私は板前見習い、しかし包丁なんか一度も握らず、あいかわらず小博打をやっていた。博打で勝つと板前さんの呑み代に差しだすのである。

万代橋《ばんだい》の上の吹き飛ばされるような烈風を今でも思いだす。板場で、甘えび（新潟では南蛮《なんば》えびといってるようだ）をつまみ喰いして、身体がしびれるほどうまかったのもそのときが初の経験だった。

三

ある年の冬は、富山から直江津、柏崎、なんてあたりを一人で歩いていて、やはり行き暮れた。

旅打ちという奴は、とにかく、少しでもいいから毎日毎日確実に勝っていかねばならない。仲間が居たり、多少の余裕があればそうでもないが、一人の旅打ちで負けてカッとあつくなるわけにはいかない。ハコテンになれば動きがとれなくなる。負けそうな気配があるときはひきあげる。

臆病至極で、強い相手は避け、甘いカモばかり探す。これが旅打ちの極意である。だから、温泉場がよろしい。漁港がよろしい。雪国の冬、ヒマ人が多い土地がよろしい。

しかしそんなに甘いカモは居ないもので、一番困るのは、適当な場がみつからないことである。向こうから進んでやろうというのは相手として好ましくないことが多い。面白い博打をやろうというのじゃない。喰い扶持稼ぎにやるのだから、危険をおかすわけにはいかない。

といって危地に飛びこまなければ、即ち収穫もない。安閑としていればわずかな持ち金がすぐに底をつく。

鉢崎《はっさき》というそのあたりの小さな村（町かな？）に、東京での知人の生家があることを思い出した。そう親しい知人ではない。しかし強引にその生家を訪ねて泊めて貰った。

東京の知人に手紙を出した。お前の親もとに転がりこんでいる。少しばかりのお金を送金してくれないと動くに動けない――。ていのいい脅迫である。

折りから年末で、郵便物が平素よりおくれたりしたのであろう。その知人から金が届いたのは年を越してからだった。私はだから、その正月前後を、知人の親もとでずるずると居坐っていたことになる。

日本海の海ぎわまで山が迫っているところで、家々はその山の中腹に点々と建っている。家の中から一歩でも出れば、眼の下に日本海が荒れ狂っている。

文無しで博打が打てないこともないが、勤勉素朴なところで、博打など、気《け》もない。知人の親御さんたちが実にいい人たちで、さして嫌がりもせず、家族同様の待遇をしてくれる。私は炭焼きを手伝ったり、小用を足したりしながら、あまった時間は日本海を眺めてすごした。

私だって博打だけが真底《しんそこ》生甲斐というわけではなかったから、いろいろのことを考えた。そのときに感じた不安や懊悩《おうのう》、内省などは、おおむね今だに私の胸の中に未解決のまま残っている。海の色が、私の気持ちの中から、感傷や手前勝手さを消してくれたらしく、そのとき考えたことは物事の真実に触れた思いがすることばかりであった。だから未解決のままのことが多い。

大晦日の夜、その村の行事があり、各自の家の門前で待機し、除夜の鐘が鳴りだすと同時に一散に小道を駈けあがって、山の上の社《やしろ》を目指す。一番先に到達した者が、新しい年に幸福を得る、というのである。

その家の家族も勢揃いして、戸口のところで身構えている。

「もし、鐘が鳴る前に抜け駈けで走りだしたら、どういうことになりますか」

「それじゃ、ご利益《りやく》がないってことでしょう」

「でも、この村は山の中腹に点々と家があるんでしょう」

と私はいった。

「同時にスタートしたとしても、社に一番近い、高い所にある家の人が先についちまう」

「そういえば、そうかな」

「麓の人なんか、生涯、幸せをつかめないわけだな。毎年、一番先に着く人は、きまってるんじゃありませんか」

「そうだね――」

その家の老主人はおだやかに笑った。

「やはり、頂上に近い家の人が多いようだな」

寺の鐘が鳴りだすと、私も家の人と一緒に一散に小道を登った。やはり一番ではなく、登りつめたとき社の前にはかなりの人がすでに集まっていたが、それでも少しも不満な点はない。

私たちは社を参拝し、家に戻って正月の御馳走を喰べた。近海でとれた河豚《ふぐ》の干したものを焼き、固い大きな豆腐を煮つけて、強い地酒を呑む。

おしまいに、この地方特有の押し鮨を喰べる。うまい越後米にとれたての海の幸がたくさん混ぜてあり、大型の箱の中に押されている。干し河豚も豆腐もうまかったが、あの押し鮨の味は今だに忘れられない。

二十五年ほど前のことだが、あの正月はよかった。四十年くりかえした正月の中でも、格別によかった。

やきとり二十年

一

ここのところ何を喰ってるかというと、毎日、御飯である。節食をうたって主食全廃を試みていたのは今いずこ、台所の電気釜が冷たくなるヒマがないほどよく飯を炊いている。私の肥満の原因が、喰いすぎ以外のもう少し病的なものであるらしいとわかってきた。だから、べつに愉快ではないが、喰いすぎとは無関係ということに一応片がつくと、それでは試みにまた喰いすぎてみましょうということになる。

それもあるが、実はもっと重要な原因がある。あれが息子の大好物と知り抜いている母親が、先月、十袋ばかりあれを持って訪ねてきたのである。あれとはつまり、あの食品のことで、べつに名前を忘れているわけではないが恐ろしくてなかなかいえない。

つまり〝ふりかけ〟である。どこの何という名品ではない。ありきたりの〝ふりかけ〟であるが、これが我が家ではタブーとされている喰い物で、私が肥りだして以来、食卓の上には絶対これをおかない。

かりに、私の好物の中から、とりわけ好きなものを三種類選べといわれたら、

① 海苔。

② 胡麻。

③ 鰹節。

ということになるので、ありきたりの〝ふりかけ〟の中にはたいがいこの三種類が入っているから（鰹は本物かどうか疑わしいが）、そう思っただけでも涙が出てくる。

そのうえ、瓶詰の海苔の佃煮でもあろうものなら、食事が終わったあと、ふりかけで一杯（小ドンブリに）、海苔の佃煮を浮かして茶漬を一杯、さらに興が乗って、又ふりかけで一杯と、とめどがない。

だから絶対に食卓の上にはおかないのみならず、私が街へ買出しに出かけて食品ストアに入ったとしても、ふりかけ類が並べてある通路は避けてとおる。

無神経な母親が、私を毒殺する意志があるかのごとく、眼の前にふりかけの袋を並べたのだからたまらない。四、五年ぶりで、私は御飯を口いっぱいに含む味を味わった。それまでは、たまに御飯を喰うといっても、二粒三粒、薬粒のように何かを喰った合いの手に口の中に入れて、ああ俺は米の飯を喰ってるンだ、と慰めていたのである。

昔の江戸ッ子じゃないが、（死ぬまでに、一度でいいから、米の飯をほおばってみてえ――）と思っていたのである。

ほおばりだした結果、又二キロばかり増量になった。

しかし、つくづくと思うが、ふりかけと御飯があれば何もいらないという男が、堂々たる顔をして、まがりなりにも喰べ物をテーマにした文章を毎月書くのだから、そら恐ろしい。

ではお前は、ふりかけの小袋以上に愛する喰べ物は何もないのかと問われれば、私だって男だから、とっておきのあれのことを記さねばならない。

葱を微塵に切り、鰹節と海苔を混ぜ、化学調味料と醤油で和える。

もう、これが膳の上に出ると、どれほどの量があろうと一人で平らげ、猫のように皿をなめる。量が増えれば御飯をそれだけ喰べ増すだけの話である。私にとって、これほど深い満足を与える喰べ物はないし、これほどあきない喰べ物も珍しい。

あまりに満足感を満足させすぎるのは毒だといって、正月と誕生日ぐらいしか喰べさして貰えない。

ふりかけにしても、この何というのか名称をつけがたい喰べ物にしても、実にいいのは他の喰べ物の味を損わないことである。

私の家でもカミさんが、他の料理の皿を膳の上に並べるし、つきあいでそれに箸を出さないでもないが、私にとってふりかけが主たる味であるといっても、同時に伴奏のようなものでもあり、他のどんな皿ともアンサンブルがとれる。

たとえば肉の生姜焼きがあるとしよう。或いは蟹の三杯酢があるとしよう。それ等は独立したそれぞれの味であり、喰べて、その味が口の中から消えるまで、次の箸が他の食品に伸びない。

今夜は肉を、或いは蟹を、喰べようというときはよろしい。しかし、今夜はふりかけを喰べようというときに、それ等はふりかけの味と風味を阻害する。だから、ふりかけがある間は、そうした喰べ物になるべく手を出さないようになる。

で、巣に居さえすれば、毎夜、ふりかけ御飯である。腹の中がふりかけで詰まっているような感じであり、試みにヴェランダへ出て縄飛びをすると、尻の穴から、ぱっぱっぱっぱとふりかけが散り落ちるかもしれない。

二

そうして、昼間は何を喰べているかというと、もうひと月ほど、鳥のレバーが続いている。

レバー類は鳥に限らず牛でも豚でも魚でも昔から大好きだが、ここのところは鳥に固定させている。もっとも近いうちに、牛のもつレバーなどで煮込み鍋を作ってみようと思っている。あれは味噌を牛乳で溶くところがコツであり、自信はある。

毎朝、自転車で西荻窪南口の〝常盤屋〟という肉屋に買いに行く。鳥は鳥の専門店があろうけれど、よい店をまだ知らないし、〝常盤屋〟は私の巣の周辺では一番信頼できる。

肉屋というものは不思議なもので、いい肉を売る店ほど値が安い。仕入れの腕や顔があるのかもしれない。そうして、昼前後、つまり早い時間に行くと、同じ値でも拾い物が手に入る。

以前、目白に住んでいた頃は聖母病院前の〝中西屋〟、牛込に住んでいた頃は北町の〝西川〟に行きつけだった。今でも近くへ行くと必ず寄って帰る。

さて、醬油と味醂を半々に混ぜて少し煮つめておき、買ってきたレバーを串にさして、焼いて喰う。犬たちが、喰いたくて狂いまわる。鳥レバーは餌の関係で相当に汚染しているという人が居たが、そうなら私も犬たちも揃って水銀中毒だかになっている筈だ。

どうしてひと月ほど前から私の食膳にレバーが復活をしたかというと、昔の友人が神奈川県にある結核療養所に入って闘病生活を送っていることが最近わかった。

結核は新薬などできて、たいした病気でなくなった印象を世間に与えているが、なかなかそうでない。特に貧しい保険患者の死亡率は今もなお高い。そのうえどんづまりにならなければ病院に入院するような男でないことを知っているから、とりあえず見舞いに行った。

半死半生だと思っていた患者が（事実そういう面もあったが）私の顔を見たら、看護婦の眼を盗んで一緒に街中へついてきてしまった。私は、病人に脱走の気持ちをおこさせることについては天才的で、昔、何度もそのために友人の寿命を縮めている。

「こうなったからにはしようがないから、何か精のつくものでも喰うか」

「よし、それじゃ厚木市へひとっ走りして、うまい焼きとりをおごってくれ」

その友人はたびたび小規模な脱走を試みているらしく、厚木のインターチェンジからもう少し盛り場に近いほうの裏道にある〝珍萬〟とかいう店に私を誘った。

この店がうまかった。

客二人にひとつぐらいずつ、七輪をくれてレバやハツやナンコツや子袋などを皿でとって網焼きにする。品物も新鮮だし、タレもにんにくが利いていてうまい。そのうえ安い。私も病人もどんどん皿数を重ね、酒を呑んだ。一緒に行った古川凱章《がいしょう》さんなどは、この人もうまい物というと眼のない人だが、

「これはいいですね。近頃こういう家は珍しいです」

といって十何皿も平らげ、

「ああ、こうなると横須賀のラーメンで仕上げをしたいな――」

病人を療養所へ送りこんでから、長駆、御推賞のラーメンを喰いに横須賀まで飛び、ラーメン屋が休みだったために麻雀屋で徹夜麻雀をする破目におちいり、そのうえ翌朝、車にぶつけられて軽事故までおこす附録までついて、私たちが結核患者のような顔つきにな

って戻ってきた。

三

その病人は、昔の麻雀ごろ時代の相棒の一人であったが、実に焼きとりの好きな人物で、彼が世にも幸福そうな顔をするのは、生レバーににんにくをつけたのを噛みしめながら焼酎を呑んでいるときだった。

当時は、我々だけとは限らなかったが、栄養失調で、私もその男もみがき鰊《にしん》のようにゴツゴツしていた。奴さんは若い癖に顔の皺が深かったが、唇をぬるぬるさせて生レバーを喰っているうちに、焼酎のせいではなく、ふうッと顔がふくらんでくる。

串にさしたやつなら、百本、というのが当時の我々の定量であった。百本喰って焼酎を呑んでれば、あるいは気のせいばかりでなく、少しくらい顔がむくんできたかもしれない。

十二社の裏道で、人どおりなど少しもない淋しいところに、我々が麻雀屋から引き揚げてくる時分だから、夜半の三時か四時頃、ポツンと赤い提灯がさがって、口の重い親爺が一人でやきとりの屋台を出している。

ここの生レバーが、超特別にうまかった。もう二十六、七年ほど前の話である。

「いつもの奴、どんどんおくれ――」

なんていうと、我々を上眼使いに眺め、ほうッ、と音の出るように溜息を吐いて、皿に盛ってくれる。

「親爺さん、一杯どうかね」

「――酒は、呑まない」

「ここン家《ち》のはネタがいいね。普通ならこんな時間になるまでに売り切れもいいとこだ。世の中の奴ァ、知らないンだね、まさか、と思って通りすぎちゃうんだよ」

「――あたしは、おそい時間しかやらない」

その頃のある日、昼間その道を通ってみたら、屋台のあるところは寺の生垣に沿ったあたりだった。

「わかったよ、ありゃァ人間の肝なんだ。おっさん、墓の中からとってくるにちがいねえ」

「なるほどなァ――」

と話し合ったが、まさか、火葬にしてしまう死人の肝があるわけはない。

近頃でも、こういう類の超特別のうまい店がきっとどこかに埋もれているのだろうと思うが、私が病気を背負ってから出不精になってしまって、街を徘徊しなくなったから、さっぱり見当がつかない。

銀座や六本木には、わりに名の通った小上品な店があることは知っているが、焼きとりというやつは、やはり何年も風呂へはいらないような親爺が、炭の灰だらけになって焼いているような店でないと面白くない。

ごくオーソドックスなところでは、新宿は甲州街道の共同便所の上にあった頃の〝鳥茂〟。

まだ独身時代の山田風太郎さんが、

「鳥茂で呑んで、二丁目《あかせん》に行って、それから五反田で呑んで、ええと、それから、わからなくなって――」

なんていっていたのを思いだす。

当時の〝鳥茂〟は十人も入ればいっぱいになるような屋台店だったせいかいつも道ばたに客が行列して待っている。寒空の下で、酒を呑むために行列しているという店も珍しい。

現在は甲州街道でも少し離れたところに移って、立派な店になっているが、過日、二十年ぶりで寄ってみると、階下も階上も大入満員で、背広にネクタイのお客が揉み合うように呑み喰いしている。しかし、レバーもタンもつくねも、往年のどこか精巧に造られていたかのような味わいに及ばない気がする。

こちらの口が奢ったせいではないことは、厚木市の例を見ても明白で、要するに大量に商いをするところからくる密度の問題なのであろう。

やっぱりやきとりというものは手工業的な規模のもので、店主の人格、風格とごっちゃになって味わうところに趣きがある。

これはわざと場所も名前も伏せるが、女主人一人でやっている屋台に毛の生えたような店があった。

中年増、酒呑みでいくらかルーズなところはあるが、気っぷはよし、焼きとりのせいかどうか、こってり油が乗っている。

私が唐辛子中毒になるきっかけをつくった店だが、うまい焼きとりを喰わせて、タダみたいに値が安いので、近隣の客ばかりでなくへんな客がいろいろと集まっていた。

某という筋者の親分もその一人で、これが酒癖が悪く、大きな声で誰彼かまわずからみだすので、とんだ鼻つまみになっているが、後難をおそれて客はみんな我慢している。

ある夜ひときわ乱れていた親分の背後にいつのまにか彼女が立って、

「親分、おとなしくしてないと、こうですよ」

焼きとりを切りきざむ出刃包丁を親分の肩に打ちおろした。彼女は峰打ちにしたつもりだったが、酔っているから、刃のほうで切りつけてしまった。

そのときの親分の恰好たるや惨憺たるもので、山崎街道で鉄砲に当たったような大所作で道路に転がりでる。酒のせいで流れる血の勢いが烈しい。それを見て、殺したと思いこんで、酔った勢いで、彼女、警察に自首しちまった。

そういう可愛いいおばさんなのだが、十何年の後家生活で、淋しい気持ちが毎夜の酒で満たせるわけもなく、必死で誰彼なしに色眼を使う。

といって決して悪口を書いているつもりはないので、要するに、少しも小ずるくない、辟易はするが嫌う気にはなれない存在であった。

べろべろに酔って、たまに、誘いに応じる学生などとしけこむことはあるが、本人は大真面目で再婚にあこがれ、事実また浮気症でも色気狂いでもなんでもない。

そういう彼女を肴によく呑んだ。そうして十余年の憧れが実って、さる人のところへ後妻に行った。もちろん店を畳んで、天にも昇る勢いで行ったのだ。

三月《みつき》ほどして、彼女は婚礼先で、ガス管をくわえて死んでしまった。投げやりにいえば、人生とはそんなものである。彼女を思いだすたびに、不謹慎な話であるが、やきとりの味が一段と増してくるような気がする。

豆入り泰平記

一

五月は私にとって、豆の月である。四月は筍の月。もっとも筍は晩春のものでむろん五月にもかかっている。しかし私は筍好きだから、四月の声をきくと八百屋の店先に新筍が現われるのを今か今かと待ちあぐねている。

私は貧民だから、どこの土地の筍であろうと手当たり次第喰いまくるが、しかしやっぱり、大方の食通がおっしゃるとおり、京都の筍がうまい。あの柔らかさ、あの歯ざわり。京都の西郊は今でも竹林が多いが、その一隅の長岡京というところに〝錦水亭〟という筍を喰わせる料理屋がある。

以前、一人でふうらりふうらりグレていた時分、いくらか小遣いがあると京都まで出かけていった。〝錦水亭〟からほど近いところに向日町《むこうまち》の競輪場があり、その日程に合わせていって、競輪と筍と、好物を二つやってくるのである。

関西の他の競輪場では負けたことがあるが、不思議にも向日町の競輪場では負けたことがない。いつも旅の費用がラクに浮いてしまう。だから晩春から初夏にかけての京都にいやな思い出はひとつもない。

嵐山に青葉が満ち満ちて、その中にぽっと一株、八重の桜が咲き残っている。私は桜は大嫌いだが、全山緑の中のそういう一株は目立たぬわけにはいかない。もっとも自然は闘う相手だと思うから、懐中でも不自然にあたたかくなければそんな風流気はおきない。

それからひと月ほどして、五月の末か六月のはじめに、びわ湖競輪場で高松宮妃盃というレースがあり、私はこれにもほとんど毎年出かけていく。けれども、このほうはあまり大浮きした記憶がない。だから筍が競輪の特効薬かなにかなのかもしれない。

筍の出はじめの頃は、ちょうど冬野菜と夏野菜の変わり目で、八百屋の店先がやや貧弱だが、ほどなく莢豌豆《さやえんどう》、グリーンピースの類が出廻ってくる。

私は豆だの芋だの南瓜だのというあまり粋でない喰べ物が好きで、こういうものは他になにか中心の喰べ物があって、脇役をつとめることが多いようだが、私は三度三度主食にしてもよろしい。

グリーンピース、なかでもこいつがこたえられない。ただ塩茹でにしたのを皿に盛りあげておくだけでいい。出盛りの、少し固目のやつを口の中でプツプツと嚙みはじめると、もう他の喰べ物は眼に入らなくなる。

本当はいくらか固目の、シャンとした大粒のやつがいいのだけれど、缶詰の、舌の上でピシャッと潰れるほど柔らかく茹でたやつだって大歓迎である。この豆に関する限り、缶詰でも冷凍でもなんでもよろしい。生気も風味もないけれど、豆の味がすればとにかく満足する。

〝駅馬車〟というジョン・フォード監督の有名な西部劇映画は、私も戦争寸前の小学生の頃見たが、私にとってもっとも印象的な場面は、ジョン・ウェインでもインディアンでもなく、一行が途中の移民小屋かなにかで午後の饗応にあずかるところだった。

シチュー、焼き肉、野菜の器と並んで、グリーンピースを柔らかく煮たものが見える。ジョン・ウェインが二杓子ほどその豆を皿にとり、超特大のスプーンで、シュルッとしゃくって、口の中に入れる。彼は、右頰の中に豆を貯めて、短いセリフを口走るのであるが、他の喰べ物でなく、柔らかく暖かいグリーンピースが頬の中に貯まっていると考えるだけで、もう唾が湧き出てくる。

二

ポークビーンズという素朴な料理があり、これは隠元豆に骨つき豚乃至バラ肉を入れ、ケチャップで煮上げたものだが、西部劇ではよくこれが出てくる。

おそらく砂埃りでじゃりじゃりいうにちがいないその豆を、舌なめずりしながら喰べつくし、干し固めたようなパンを千切って、皿についた煮汁の一滴まであまさずパンで拭きとって喰ってしまう。

見ている限り実にうまそうで、そのうえ、物を喰うという行為がどんなに根元的なものかを改めて知らされる厳粛な場面でもあり、いつも私は感動してしまう。

そのついでにストアに駆けつけて、ポークビーンズの缶詰を買ってきて、（こいつは義理にもうまいとはいえないが）ジョン・ウェイン流に片頬に含んでみたり、パンで皿をなすって喰べてみたりするのである。

アメリカ映画でアメリカ人が物を喰っている場面で、うらやましいような喰い物が出てきたためしはないが、(昨夜テレビで見た〝おかしな二人〟という映画では、コーンビーフにレタスのサンドイッチを喰った男が「レタスの白い固い部分を切りとってくれた、喰べやすいと思ったらパンの耳も切ってある」などといって感動するのである——)このポークビーンズは唯一の例外であろう。これも私が好きだからであろうか。

そういえば、話が飛ぶが、先頃故人になった桂文楽という落語家の演じる〝馬のす〟という短い話がある。職人が友達の無知につけこんで、友達の夕餉《ゆうげ》の膳をそっくり頂戴してしまう。鰯の塩焼きと枝豆で、貴重な晩酌の酒を呑んじまうのであるが、鰯もさりながら、枝豆の喰べようなんてものは絶品で、あんなうまそうな枝豆は他に知らない。

文楽は不思議に、高座でよく豆を喰う場面を演じる人で、十八番の〝明烏《あけがらす》〟では、女郎買いで振られた連中が、朝、小納戸《こなんど》の甘納豆を発見してつまみ喰いをする。〝厄払い〟という話では、与太郎がおひねりの中の大豆の炒ったやつをやはりつまみ喰いしだして手がとまらなくなる。半分生炒りの豆がまじっていて文句をいったりするあたりがおかしい。

どんな喰べ物でも見事に喰べ演じてみせる落語家だったが、それにしてもあの人も豆好きだったのではないかと思いたくなる。

さて、しかし、豆のテン盛りも充分満足させるけれども、なんといっても白眉は、グリーンピースの炊きこみ御飯である。猫にまたたびというけれども、私はこいつを見ると舌を出して息をはずませるほどだ。

「今日はお豆御飯ですよ――」

この一言は千金の重みがある。今、一緒に暮らしている女が言語道断な豆嫌いで、したがってたまに作ってくれる豆御飯は、彼女の犠牲的精神からなのである。

ダシ代わりの白子《しらす》もいらない、色づけの醬油も不用、塩をパラパラッといれてちょっと固めに飯を炊くだけでいい。あんなに美しい、美味なものを、嫌いとはなんという罰あたりであるか。

四月に筍御飯を飽食し、五月に豆御飯を喰いまくり、それから豆の王者、そら豆。夏がくると枝豆と、私の楽しみはつきないのであるが、なんという不運か、私の女は豆のみならず、筍嫌い、そのうえ御飯になにか混ぜるものはすべて嫌いときている。

近頃の女性は混ぜ御飯というやつに総じて魅力を感じないらしく、友人の女房で、

「豆御飯を炊け――」

といったら、電気釜に納豆をぶちこんで炊いてきたという話がある。

もっともこういう話は関東特産かもしれない。関西には季節季節によって、筍やら豆やら栗やらを炊きこんだ飯を売る店が巷にいくらでもある。

それに、かやく飯専門の店。大阪でも南、まァ下町のほうに何軒かある。商家の奉公人向きに発達したものだそうだけれども、そのせいか固い木の椅子で、凍豆腐だのほうれん草だの、単純な菜でかやく飯をほおばっていると、私までなんとなくそそくさとしてくる。決して米も上質ではないし、よく考えるとたいして賞美する味ではないが、あのすげないような味がいいのかもしれない。しつこく丁寧な味にしたらかえってファンが減るのだろう。東京にはこの種の店がないようだが、存外はやるかもしれない。

三

獅子文六氏の随筆に、そら豆キチガイともいうべき人が出てくる。その人は瀬戸内海の沿岸だか島だかに住んでいて、そら豆の最良種というのをたくさん蒔いて、丹精に育てるらしい。そうして走りのときから最後の収穫まで、毎日毎日そら豆を喰べ続けて悦に入っているという。

なんというらやましい人であろうか。

食通とはいわない、およそ喰べ物中毒になると、窮極的には原材料の育成まで手を出さなければ気がすまなくなるらしい。北大路魯山人は、全能力をあげて、理想的な蜜柑を実らせるために伊豆に山を買ったというし、その他にも米を作る人あり、鶏を、味噌を、菜を、手作りにする人の話はときおりきく。

しかし、そら豆に凝るというのは実に滋味掬《きく》すべき味わいがある。

そら豆が、豆の王者というのはまことにそのとおりで、あれほど完璧な喰べ物というやつも珍しい。私は、森羅万象、この世は人間のためにあると思う考え方が嫌いで、いっさいの喰べ物に関して、ただ必要に迫られて結局喰ってしまうが、それを喰う権利などまったくないのだと思う。

夜明けの盛り場を歩いていると、どこの店からも山のように残飯や腐りかかった肉片などが出ている。当然の権利のように、無益無残に生き物を消費して、ケロリとしているのが、私には殺人などよりずっと残酷な風景に思える。

動物映画などで、馬や犬に対して、お前は人間の忠実な友だちなのだよ、さァ走れ、さァ働け、など子役にいわせる、あの思いあがった考えも実に苦々しい。

他人のことばかりではない、私のように喰うことと遊ぶことしか考えない男など、いつかはひどい罰があたえられると思う。

そうは思うけれど、そら豆と海老に関する限り、その形といい、味といい、当然喰べられるために生まれてきたとしか思いようがない。

春から夏にかけて、鯵や飛魚など、比較的あっさりした種類をのぞいて、魚があまりうまくない。その不充足を、これらの豆類がおぎなってくれる。

実をいうと、豆類ばかりではない。五月はみずみずしい夏野菜が登場してくる月でもある。

新のキャベツが出てくる。ジャガ芋が、人参が、玉葱が、みんな生まれかわったように艶々《つやつや》として現われでてくる。

近頃は、どの野菜も、かこってあったり、温室物であったり、年から年じゅう姿を見せているが、五、六月の野菜をじいっと見てごらんなさい。まるで若者のように溌剌《はつらつ》としている。

私は若い頃から台所に居ることが好きで、だからよく知っているが、玉葱や人参の壮年期というものは、本当に生命力の満ちあふれた充実感があって、むげに包丁など当てにくい。ため息をつきながら眺めやったあげく、気をとり直してプッッと包丁を当てると、大仰でなく、掌の中の生命を潰してしまったような後味が残る。

私自身が四十数年、盲腸も扁桃腺すらもやらず、身体の中に針や刃を入れられた経験がないため、それ等を恐怖すること人並以上で、だから他者の生命を脅かそうとは露ほども考えない。人参でも玉葱でも同じことである。

昔、牛込の大通りに〝美矢田〟という運転手相手の飯屋があった。今でも息子夫婦がやっている。運転手がよく集まる店は大体において味がいいという通り相場があるが、昔、老母が主に切り盛りしていた頃は、特にうまい米を使っていて、私など、毎夜おそくこの店に寄らない日が珍しいというくらい、ここの飯を喰いにかよった。

できますものは、ブタ汁にトンカツ、煮魚、野菜の煮つけ、肉豆腐——。

若い頃、配偶者を失い、女手で一人の息子を養ってきた。だから根性充分。男まさりで、当時もう三十歳に手の届く息子を叱り飛ばし、ある夜などは電車通りを逃げる息子のあとから、バケツに水を張ったやつをさげて追いかけていき、頭から水を浴びせたというおばさんである。

息子夫婦も好人物なのだが、まァ嫁と姑のむずかしい間柄もあり、老母はなまなかなことではゆずらないから、衝突が絶えず、夫婦して出奔してしまう。

運転手相手の店なので、当時はほとんど二十四時間営業で、常なら交代で寝るが、老母一人になると寝るヒマがなく、疲労でむくんだようになって、それでも店をしめて寝ようともしない。

あるとき大仰な衝突をして、息子夫婦は別のところに店を出し、ふっつり縁が切れた。

そんなある夜ふけ、ブタ汁のための玉葱をコトコトきざんでいた老女が、ふっと、みずみずしい玉葱を持ちあげて、店に居た私の名を呼び、

「かわいそうだね、玉葱も——」

ポツンといった。そういうセリフは二十何年もたってもまだおぼえている。

後年、和解して息子夫婦も本拠へ帰り、老母はそれを期に、貯めていた小金で郊外にアパートを建てて、一人で別居した。

東京のまん中で下町風に何十年もすごした老女が、顔見知りも居ない土地に移って、よくよく淋しかったのであろう。

気丈な顔色は失せて、ただの老いた顔になり、元の土地へチョコチョコあそびにくるが、息子の店に遠慮して寄らず、周辺の商店などで油を売っている。私など見かけると、

「ねえ、遊びに来てよ、泊まりに来て、おねがいだから――」

　孤独な老女というものは、気丈なだけに息のつまるような迫力があるもので、そのうち顔が不健康にむくんできた。内臓の癌だという噂だった。

　一度だけ、見舞いに行ったが、そのとき、語呂を合わせたように、豆入りの餅を焼いてくれた。私は餅にも目がないが、それ以上に餅の中に混じっている大豆が妙にうまくて、次から次へと手を出したことを覚えている。

なつかしきバイ菌たち

一

朝、近くの駅まで自転車で行って、競輪か競馬の予想紙を買う。これが私の日課で、唯一の運動である。

そのついでに本屋やレコード屋をのぞいたり、喰べ物を仕入れたり、小一時間、街をフラついてくる。原則として買い喰いは慎み、巣へ持って帰る。もっとも夜中じゅう腹を減らして喰べ物のことばかり考えている男だから、小ジャレた朝食屋とでもいう店があったら毎日入りびたってしまうかもしれない。

街にはほんとに朝食をとるところがない。早朝喫茶は鼠の出そうな感じのところが多いし、立喰そばという奴、便利だが茹でおきソバをあっためるだけで味に迫力がない。

パンと牛乳の立喰い、これは簡潔で急仕立てのところが朝食にふさわしい。丸パンを口一杯にほおばり、さらに急行化するため牛乳で喉に流しこんでいるお勤めさんを見ると、私もやってみたいと思うが、何の因果か、なんでも好き嫌いのない私が、牛乳だけはただの一滴も呑めない。少しのちがいだが、パンとコーラ、ではいけないので、毎朝、牛乳が呑めたらどんなにいいかと思う。

ある朝、他に喰う物がないので立喰そばの店の前を往《い》ったり来たりしていた。私は意志は強いほうだが、すでにこのとき、そばを喰おうという意志が固まっていて、なんとも曲げにくい。

するとみちばたにたたずんでいた若者が、

「ああ、阿佐田さんですね——」

と声をかけてきた。週刊誌などに写真が出ているのでこういうことは間々あるが、これは私の徳を慕ってくるのではない。博打男などに夢を託さざるをえない世の中なのである。がんばってもっと勝ってください、とか、身体は大丈夫か、とか、漠然とした好意を寄せられていつも泡を食う。

「握手をしてください――」

とそのきわめて純真な若者はいい、いわれたとおり握手をして、私は澄ました顔でトコトコと道を歩き去った。

そうして四つ角を右に曲がり、又右折し、右折を重ね、ゆっくりと歩いて、もう頃合いであろうと、角店《かどみせ》である元の立喰そばに入ろうとした。

「――!」

先刻の若者がまだ立って居て、ばっちり顔を合わせてしまう。若者は、道ばたにたたずんでいたのではなくて、停留所でバスを待っていたのである。

私はとっさに、身体半分を店の中に入れたまま、腕の時計を見て、

「すみません、今、何時でしょう」

店の人に問いかけ、時計を合わせる仕草をしながら又巷に消えた。愚かな男はつまらないところで見栄を張る。

五月から六月にかけてなら、気が向くと駅前に自転車をおき、電車に乗って新宿に出て二幸裏の豆屋さんに行き、えんどう豆の塩茹でにしたのを買って、喰いながら帰る。

よく蜜豆の中へ入っている、あれである。栽培法の進歩で喰べ物に季節感が乏しくなっ

たといわれるが、やっぱりしゅんの時季のものは迫力がちがうので、えんどう豆なども乾物屋には四季を通じて干したものがあり、冷凍物もあって、両方とも豆好きの私には有難いけれども、初夏の頃の穫れたてのものの美味しさは又格別である。

それにこういうものは、買って帰って膳に飾って喰べるより、立喰いがよろしい。歩きながらムシャムシャやり、帰りの電車の中で扉の近くに立って喰い続ける。

私は昔から、そういう無為な、小さな放埒《ほうらつ》を楽しむ癖があり、そのためにずいぶんいろいろなものを犠牲にしたようである。そう思っていてもまだやめられない。肥大漢の四十男が電車の中で豆をむさぼり喰っている図は胃弱の典型で、さぞだらしなく見えるであろう。

事実だらしがないのだから仕方ない。一度、持病の慢性脳溢血の小発作が来て、数分間、昏睡したらしい。私の病気ではそれは珍しいことではないので、だから席があいていてもめったに車内では坐らない。坐ればどこまでも睡って行ってしまう。立っていればいいかというと、睡ってしまうのは同じで、ただ醒めやすいだけである。吊皮にぶらさがっていても両脚の力が抜けて瞬間的に身体が崩れることがある。

そのときは豆を喰いながら睡ったので、袋が手からすべり落ちて、えんどう豆が車内に散乱した。

ラッシュとは逆の方向で、ガラ空きだったが、次の駅につくまで、私は床を這って散乱した豆を清掃した。その、次の駅につくまでの時間の長かったこと。

二

大戦争の前のことだが、私の生家のそばに、寒天など蜜豆の材料と芋羊羹とくず餅を卸し売りする店があり、そこで大笊に盛ったえんどう豆を売っていた。

だからこの豆の美味しさを知ったのは、小学校に行きだす頃からだと思う。したがって寒天も餡蜜も、馴染みが深い。寒天も好きだし、なんだか甘くてしこしこする餅みたいなものも一片や二片なら好ましい。しかしそれ等はえんどう豆をとおして馴染みになったので、蜜豆にえんどう豆がもし入っていなかったら、あんなもの喰うわけがないと思う。

中学生の頃、戦争が烈しくなってきて、街から甘味や主食類が消えはじめた。その頃、神楽坂に〝デンキ屋〟という奇妙な名の店があり、ここで毎日、時間をきめて餡蜜を売る。

私は餡の入っていない普通の蜜豆のほうが好きだが、そんなぜいたくはいっていられない。その時間になると店の前は長蛇の列ができる。

三十がらみの主人と女給仕が一人居て、今でもその風貌はよく憶えているが、カウンターの奥で、並べた器に二人が手わけして寒天や豆や餅を入れ、蜜と餡をかけて客に手渡す。行列はカウンターのところにじかに届いており、自分の番が近づくと、私は眼をこらして、たくさんの器の中のえんどう豆の数を目算した。一粒でも豆の多い器が自分に当たるようにとのぞんだ。

ある日、どうしたわけか、えんどう豆の代わりにグリンピースが入っていた。グリンピースも私の好物のひとつだが、蜜豆となると明らかに筋ちがいで、蜜豆も堕落したものだ、とがっくりした記憶がある。

その頃で十何銭ぐらいだったろう。しかし中学生には相当な金額であり、むろん連日は行けない。父親の財布から無断で小銭をひき抜いて行ったこともある。このあたりが私の放埓なところであるが、だからグリンピースなどが入っていては泣くに泣けない。

しかし、甘味に餓えていた当時の条件など割りびいても、〝デンキ屋〟の餡蜜はうまかったと思う。餡も具も立派なもので、むしろ丹念さのようなものがあった。だから田地田畑を売って傾城《けいせい》を買う式に出かけていったのである。行列作って客がくるのだからこのくらいでいいやというところがない。それができたのはいかなる事情か、それが知りたい。もうひとつ、支那事変から太平洋戦争にかけての喰べ物で、〝スマック〟という名のアイスクリームがあった。

筒形のアイスクリームにチョコレートの箔がかぶせてある。が、当今氾濫している同種の製品とちがって、相当上等の喰べ物で、デパートあたりでしか売っていなかった。神楽坂では当時坂の上にあった白木屋の入口にあったが、値段もよかったし、いくらかぜいたくな雰囲気があって、親が買ってくれるとき以外は喰べようという気はおきなかった。私は放埒だが、いわゆるぜいたくは好かない。

しかし、その美味しさは今でも口に残っている。中のクリームに卵の味がこってりとした。当今は、条例で、市販のアイスクリームに卵を使ってはならないことになっているらしい。だから一部のレストランや喫茶店で、小規模に造る自家製の奴以外は、牛乳をうどん粉で練ったようなものばかりである。

スマックはそんなものとは格ちがいの喰べ物だった。

今日のように簡易冷蔵庫が発達していないから、パン屋にも薬屋にもアイスクリームがおいてあるということはない。そういう店に出かけていって喰べるか、出前を頼むかする。

やはり小学生の頃、アイスクリームがうまいという店が近所にあって、来客の折り、出前を註文しに私がいった。夏場だから、店の中は客でごった返している。

今も昔も私は変わらずおっちょこちょいであるが、当時、氷屋の若い衆の真似がしてみたくてたまらなかった。私は所番地と名前を名乗り、黄色い声を出して、

「アイス、六丁――！」

と叫んで帰ってきた。やがて運ばれてきたのは、アズキアイスが六丁。

アズキアイスはアイスクリームより一段と素朴な安い喰べ物で、改まって客に出す物ではないと叱られた。よく考えてみると、アイス、というのはその店ではアズキアイスのことなので、玄人らしく正確に省略するなら、クリーム六丁、といわなければならなかったのである。

やはりその頃の話であるが、母親と私が家の前にたたずんでいると、町会長の老人が通りかかって、母親と世間話をはじめた。

街の喰べ物屋の保健衛生が悪い、と町会長が力説する。

「表側は綺麗そうでもね、裏へ廻ってごらんなさい。ひどいモンでね、皆さんバイ菌を喰べに行くようなモンです」

老人の舌鋒は冴えわたり、火を吐いて、附近の店を一軒一軒あげつらった。あんなとこへ行きゃトン死ですよ、私なんざ裏を知ってるから街じゃ決して喰べません――。

それからまもなく町会長が亡くなった。もうお年で、大往生のようなもので、決して食中毒で亡くなったわけではなかったが、どんな死であろうと同じようなものでもある。これは大喜劇、大問題であるとそのとき思い、その思いはいまだに胸の中に奇異な感じで残っている。

三

子供の頃の喰べ物を想い起こしはじめるときりがない。時に私は十代の後半に戦争の影響で飢餓期を経験しているので、その前のことが絢爛と記憶に残っている。

当時は、子供には子供独特の喰べ物があった。現今のように子供も大人も同じようなものを喰べているのとちがう。子供は、それなりの味覚で自分たちの喰べ物を主張することができた。といっても幼児用食品とはちがう。いわゆる駄菓子である。

きな粉飴という奴に大変執着したことがある。棒にさした飴にきな粉をまぶしたもので、今、執着した理由がよくわからないが、そのときは、他のどんな飴とも微妙に味がちがい、その美味しさは燦然《さんぜん》と輝いてみえた。

一本一銭ぐらいだったろうか。一銭の小遣を母親にねだるたびに、母親は例の町会長のような顔になる。

「あれはいけません、バイキンの巣です」

だからますます執着が募る。あんこ巻、みかん水、ニッケ、えびせんべい、それから何というのか、えびせんべいが大型の筒状になっているもの、蜜柑を飴で固めたような奴、いろんなものがある。

これの一段と下等なものが、車を引いて売りに来る駄菓子で、その中では、炭火にあぶってふくらます煎餅のような奴が大好物だった。当今風にいえばビニールのスリッパの如き、薄いスベスベと光沢のあるものが、熱でみるみる大型にふくらむ。おじさんが小さなしゃもじを使って焼いてくれる。

実になんとも微妙な味で、どううまいかということが大人の言葉でいえない。しかし私は今だに似たような味のえびせんべいが好きである。

それからソースパン。三角に切った食パンに、刷毛《はけ》でソースを塗ってくれる。べつだん特殊な工夫のあるものではないが、自分で註文して喰うという自立の味がしたのであろう。そしてこの影響でソースが好きになった。だからソースをかけて喰うものならなんでも好きで、大阪に行って立喰い串カツのはしごをするのもこのせいである。

あの、揚げたての熱い奴を、ソースの皿の中にズブッとつけて喰う味がなんともいえない。だから、中味がうまいに越したことはないが、中味などなくても衣さえあればよろしい。縁日に道ばたで売っている串カツなどは中味が何もなくて、うどん粉を揚げただけのものが多かった。それはそれで結構うまいのである。

縁日とくると、もう私などは応接のいとまがない。えんどう豆の塩茹でがある。レモンの粉というやつが又うまい。あれはハッカパイプに詰めてみみっちく吸う手もあるが、やはり舌を長く出して直接ペロペロなめる。あれはなかなか高級な甘さだったと思う。すくなくとも私などは、この粉を溶かしてあの美麗なソーダ水を造るのだという売り手の説を信じていた時期があった。

それから糝粉《しんこ》細工。どびんと称する飴で土瓶の形を造り、その中に蜜を入れたもの。竹筒にふうふうと息を吹きこんで形を造るので、ラッパと同じく、タラーリタラリとおじさんの唾液がどびんの中へ流れこんでいただろう。だからうまかったのかもしれない。

こういう芸のあるおじさんたちは、縁日に限らず平常も横丁のあたりへ現われる。そういうニュースは不思議にすばやく伝わって、どんな遊びをしていても中絶して皆飛んでいった。小遣がないときは、他の子が造って貰うどびんを一生懸命眺めながら、空想の味を楽しんでいた。

当時は実によく路上にいろんなものを売りにきた。玄米パン、かるめ焼き、電気飴、紙芝居の水飴――。

車はめったに通らなかったけれど、夕暮れ近くなるとなんとなく路上があわただしく、豆腐屋のラッパ、魚屋やソバ屋の自転車のベル、それから大型のトンボがわんわんとくる通り道があり、蝙蝠《こうもり》が街灯のまわりでパタパタやっている。親たちに呼ばれて家へ入るのが嫌で、その声が一瞬でもおそいことを祈りつつ、地べたにひっつくようにして遊んでいた――。

駅前油地獄

一

喰べ物の味というものは、その気になって喰うとそれぞれなかなかに奥があり、微妙の上に微妙さを加えていくようである。米粒にしたって一粒として同じ味がしないという人がいる。

しかし又、簡単に整理してしまえば、ほんの数種類しかないような感じもしないではない。甘いか辛いか、しょっぱいか、酸っぱいか——。

まァそれは調味料の問題であろうけれど、原物の持つ味にしても、そう思えるときがある。

トマトの青臭さは太陽の味だという。そういえば、セロリにしても、胡瓜《きゅうり》、茄子、苺、桜桃、皆いちように陽なた臭い味がする。

私の幼い甥が、バナナを喰って、これは芋だといった。あれはまさしく芋科で、里芋にうす甘いエッセンスを注射するとバナナになるのではないか。

バナナに限らず、粉の集合体のようなものは皆ひと色の口あたりを持っている。肉類などもいくらか歯ごたえのある芋だといえなくもない。

松茸なんてのはするめの一種であるし、ミルクは反吐《へど》科に属する。要するに注入されているエッセンスによって多少異なるだけである。するとエッセンスを主に考えるか、原素材を主に考えるか、喰べ物を愛するかどうかはそれだけのちがいかもしれない。

体力気力が弱まる周期のようなものがあって、そんなとき何か口に入れると、何を口に入れたのか見当がつかないほど、なんでも同じ味がする。そういうときは警戒しないとひどい大喰いをするもので、味がわからぬというときぐらい、ものが喰べられるときはない。

先日の取材旅行中に、豊橋の駅ビルで昼飯を喰った。旅に出ると外食が多いからどうしても油ものに片寄る。前夜の酒が身体にまだ残っているし、なにかさっぱりとしたエッセンスのようなものを少し口の中に入れようと思って、和洋食鰻寿司そば、ずらり並んでいるショウケースを眺めた。

ああいうときはいつも混乱してしまって、いつまでたっても定《き》めにくい。どれがうまそうというわけではないが、ただ目移りがする。生野菜の一皿とか、チーズとか、釜あげうどんとか、いずれも定めかねて、結局、最終的に、カツ定食か、中華ランチか、どちらにするかという瀬戸際に立った。中華ランチは立派そうに見えるが見本どおりかどうかわからぬ。では、清水の舞台から飛びおりた気になって、思いきってカツ定食といこう。

同行のK君が食券売場で、私の直後に、

「中華ランチ——！」

といったとき、やられた！　と瞬間くらくらとした。カツ定食を頼んだ悔いが津波のように身を襲う。

席について、K君が頼んだビールを貰って少し呑むうち、昨夜の酒が蘇っていい気分になった。

K君も喰いしんぼうで、平均一日五食し、藤原（審爾）さんあたりから、「もうすぐあの男みたいになるぞ——」と脅かされている人物である。（註、あの男とは私のことで、K君も最近肥満しかけている）

ウエイトレスが註文品を運んできて、私の前に中華ランチをおき、K君の前にカツ定食をおいた。

私は少しの間、箸に手をつけずに身構えていた。K君がウエイトレスのまちがいに気づいて中華ランチに手を出したら、私もK君の前のカツ定食を引き寄せるつもりだった。しかし、このままであれば理想的である。私が本当に喰べたいのは中華ランチであって、カツ定食ではない。

K君もなんとなく眼の前のカツ定食をぼんやり眺めている。私は中年男の図々しさで、まちがいに気づかぬふりで、中華ランチにさっさと手をつけだした。

お互いに半分くらい喰べてから、K君がいった。

「アレ、俺、中華ランチを頼んだンだっけ」

「そうだった、俺はカツ定食だった」

「おいしいですか」

「ウーン、今日はどうも、ものの味がわからぬ状態だな」

私は不機嫌にいった。そのときはもう、K君のカツ定食のほうを喰べたくなっていた。

しかし、あとで考えてみると、K君もぼんやりとまちがえたのではなく、もともと食券を買うときに、中華ランチか、カツ定食か、相当に迷っていたのではなかろうか、そう思えてならない。

二

当今の喰べ物で、一番受けているのは、カツ、フライ類ではなかろうか。私自身も含めて実によく喰べる。

理由は無難だからであろう。料理も簡単で、フライが揚げられないという妻君もすくないだろうし、そのくらいだから知らない店へ入っても、揚げたてでさえあれば大体喰べられる。

私などは肥満しているので、綿密に計画をたてて菜食で押しとおそうとしても、外出したりすると、手軽に野菜を喰わせる店がすくない。どの店も油でギトギトしている。そうして蟻地獄におちる蟻のように、吸いこまれていく。たとえ野菜を喰わせる店があったとしても、油の匂いはひどく魅力的なのである。

フライ類でなければ、中華料理だ。

大体中華料理という奴は、大方の人がいうように、料理の王様とは思えない。それは凝り症になっている一面もあるが、別の面からいうとひどくずぼらで、決して味は多彩でない。ごく乱暴にいえばスープだしとゴマ油の料理で、煮るとか炒めるとか揚げるとか、幾通りかのコースに合わせてどんな材料でも同じ味に仕あげてしまう。

そのくせ足が向くのは、煮込む料理にめったにはずれがないからである。

もっともフライ類とちがって、店（というより料理人の腕）によって味が異なり、丁寧さもちがうので、やはり贔屓の店ができる。

以前は横浜と神戸が一級の中華料理を喰わすところとされていたが、戦後は東京の一流店がよいという。それも老舗より新興の大仰な店がよいらしい。中国の革命以後、本国を離れた一級の料理人たちが東京に店を持ったというのである。

一説によると、旅券で来ている料理人が多いため、長期間ひとつの店に居ることができない。したがって一流の店の味がいつも一級品とは限らないらしい。私自身は一流店にチョクチョク出入りしているわけではないからよくわからない。

しかし、これは私自身が実際にやっていて効果をあげていることなので、お試しになるとよい。中華料理店だけは、一流店でなくともよいから、一軒をえらんで顔を売っておく必要があるのである。マネージャーか古手の給仕と親しくなっておく。

大混みに混んでいるようなときはどうかわからないが、普通の状態だったら、親しくなった店の人を呼んで、註文の料理をすべて、料理長に作って貰うように頼んでみるのである。店の人との親しさの度合によって、或いは多少のチップが必要かもしれない。もちろんたいした額でなくていい。

その味のちがいにびっくりするだろう。私がこの方法をとっている店は、現今の東京では二流クラスだが、やはり伊達に年期を入れているわけじゃない。はじめて料理長に作って貰った海老のチリソースは、まるで秘密のエッセンスを注入したかと思うほどの香気に溢れていた。以後、この方法でずいぶんおいしいものを喰べている。

もうひとつ、店主が店に出ているところやマネージャー乃至年配の給仕人が居るところなら、その店の料理人の得意種目をよくきいてそれを頼むのも一方法。この場合もおおむね神経の張った皿が出てくる。

ときどき私は、机の上の紙片に、今、飯店に入っていったと想像して品目を書き並べてみる。これはなかなか面白い遊びで深夜にはじめると、〆切りの原稿に手をつけないうちに夜が明けることがある。

○蟹の卵入り鱶《ふか》ヒレスープ（広東）
○烤鴨子《カオヤーツ》（北京）
○蟹の爪フライ（上海）
○餅と海老の甘酢和え（広東）
○五目チャーハン

遊びだから各地の料理が混じっているし、予算もかかり放題である。このうち蟹の爪は魚屋に頼んでおくと仕入れてきてくれるだろう。茹でたままでもうまいし、フライにしたら海老などよりうまい。ご家庭でもこれはできる。

あとの品目は（チャーハンを含めて）素人には無理でどうしても喰べに出なければならない。餅は中国風のを使っているが、日本風のでやっても絶対失敗する。なにかコツがあるらしい。

甜醬《あまみそ》を塗った薄餅に、葱の白根、胡瓜などと一緒に家鴨《あひる》の肉をはさんで喰べる烤鴨子、何も高価な北京ダックでなくともあの薄餅は何をはさんでもうまく喰べられそうだが、飯店に出かけて薄餅だけ買ってくるわけにもいかない。

三

しかし私は、それらの品目をとり揃えている一流店にはめったに出かけない。私の生活ではそれはお大尽風な所作であり、どうも面映ゆいし、その面映ゆさを押して出かけるほどの魅力はない。机の上で想像しているだけで充分である。

というのは私は、子供の頃から喰べなれたいかにも中華料理でございというようなものに強く魅かれているからである。

八宝菜、すぶた、春巻、しゅうまい、やきそば、ETC。

こういうもののオーソドックスな味を楽しみたい。だから、たいがいは駅前飯店ですませてしまう。

以前、目白に住んでいた頃、〝揚子江〟という駅前飯店があった。銀座や神田にある同名の店とはちがう。（こっちの揚子江も拙くないが）この店のコーンスープがお気に入りで、よく喰べに行っていたが、私が荻窪に移り住むと、そのあとを追っかけるようにして荻窪に出店を出した。

広い東京に、目白と荻窪の二ヵ所しか店がないのだから、これは相当な縁である。

この店のいいところは、味つけが実にオーソドックスなことで、チャーハンなどは、私が長年頭の中で想像しているこれがチャーハンだというイメージと、寸分ちがわない。

八宝菜やすぶたはいくぶんモダンがかっているが、それでも味の芯に古風な趣きを残している。

私の生家がある牛込北町に、〝万来軒〟(といったかな)という小さな店があり、この店は八宝菜、すぶた、フヨーハイ、しゅうまい、うま煮、ソバ類の他にはこの五種類しかやらない。ギョーザなんていう戦後できの品目は頑として作らない。親爺さんが店をあけた頃の品目とまるで変えないので、つまりずっと同じ味を保っている。

シューマイが、子供の頃に喰べたのと同じ味だといって、戦災で焼けて四散した古い客が遠方から集まってくる。こういう店が近頃ぐんとすくなくなってしまった。

ついでにいえば、戦前の支那ソバ風の、ヒモカワをチリチリと縮らしたようなソバもなんとか復活して貰いたい。

こう書き進めていくと東長崎の〝東亭〟のことを烈しく思いだす。もう二年近く喰べに行かないが、おじさん、元気でやってるだろうか。

この〝東亭〟に最初に友人に連れられていったのはもう十年ほど前になる。いわゆるカントリィ中華屋で、泥臭いが実に安くてうまい。

二年ほど前の値段だが、三人で行って五、六品とり、酒を呑んで大満腹になって三千円とちょっとぐらい。

量が又たっぷりあって、三千円も喰べると喰い切れず、いつも容器を近所で買ってきて持ち帰る始末。

ずっと以前は、『大資本の店にゴマかされるな――』などという文句が店の中に大書してあり、おじさんも元気だった。

元気すぎて酒ばかり呑んでいる。だから夕方チョコチョコッと店を開くだけで、八時すぎにはもう閉めちまう。いつもむっつりした顔だが、店を閉めようとするときの顔つきは一段と凄く、たいがいの客は睨《にら》み帰してしまう。まるきり休んじまう日だってすくなくない。

近年、胃を切ってやや元気がなくなり、酒の量も減ったらしい。酒もあまり呑まないと当然仕事も面倒くさくなる筈で、依然として休みが多い。

他になんの用事もない方角へタクシィを飛ばして行って、休みならまだしも、今店を閉めたばかりで、店内で煙草を吹かしているおじさんの姿が見えたりするのだから、泣くに泣けない。

なんとなく不満を内攻させている気配のある人物で、空間に敵意のある眼を向けている。といって水商売の女や学生なんぞには弱くて、頼まれると中華屋さんのくせに海老フライだのコロッケだの作って出してきたりする。

「ラーメンなんてのは、ありゃ、乞食が喰うもんでさ」

いかなる因縁があるのか、吐きだすようにそう呟いたことがあった。中華屋さんで、絶対にソバを作らない店なんてのは、ここ一軒だけではなかろうか。

紙数が尽きかけてきたが、支那粥の店についてちょっと触れたい。米と一緒に鶏を丸ごと入れて何時間も煮たもので、熱いのをふうふういって喰べる。

横浜中華街に〝謝甜記《しゃてんき》〟という専門店がある。神戸にも〝東亜食堂〟というおいしい店がある。しかし残念ながら両方とも遠くて、気軽に行けない。東京都内に支那粥のおいしい店があったら教えていただきたいと思う。

もうひとつ、中華料理に関する長い間の謎を記したい。子供の頃、親たちに連れられていった店で、点心に、枇杷《びわ》の中に餡が入っているものを喰べさせられた。本物の果実の枇杷の皮がむいてあり、種子の代わりに飴が入っている。いくら眺めても枇杷に割れ目はない。あの飴はどうやって種子と入れかわったのか、以後四十年近く、私は考え続けている。

II

医者は競馬の予想屋の如し

先月、長門裕之家に泊っているとき、朝のコーヒーをひとくちすすったとたんに、左肩から左脇腹にかけて、猛烈に痛みだした。べつに徹夜麻雀をやっていたわけではない。その晩はまことに健全に、一時すぎにはベッドルームで寝かせていただいていた。

なにしろ引きつるように痛くて身動きができない。左脇腹には何があったろう、脾臓《ひぞう》だったかな。胆のうは取っちゃっているから、胆石のわけはないし、ははァ、これは不養生のたまもので、狭心症かな、と思ったが、まもなくケロリと痛みがおさまって脂汗もひっこんだ。

医者は、肋間神経痛だという。けれども、まァなんだかわからない。なにしろ、心、肝、腎、血圧、コレステロール、中性脂肪、すべてがよくなくて、いいのは胃袋だけという診断をとうにいただいているので、何病という宣告でもおどろくことはない。

しかし、このところ一段と疲労がはげしくなり、うっ血する自覚症状があるので、ひとつ今度はコレステロールを中心に攻めとってやりましょう、と思った。

昨年は、脂肪肝をなんとかするために、三月ほど酒をやめた。その後も、ほとんどなめるくらいしか呑んでいない。喰べる量も自分としては相当に減らしたつもりだった。

けれども、作戦変更とともに、その戒律は改めなければならない。私のようにどこもかしこもわるい場合、全部一度によくするというのは無理であって、ひとつひとつを慎重に各個撃破していかなければならない。こちらを押せばあちらが飛び出るという恰好だが、永久にそれを続けていけば、すくなくとも現状維持ということになる。それに飽きる頃は死んでしまう。

一度、心を決めると、肉魚類、油もの、卵などに心が向かないから、喰べなくてすこしもかまわない。半分面白がってやっているところもあるが、野菜と豆腐類で、けっこうその日その日がすごせる。私は、新しい戒律を知人たちに知っておいてもらうためにも、あちこちに得意気にいいふらした。

菊村到《いたる》さんが、フムフムと聴いてくれたあとで、こういった。

「ところで納豆は喰べてますか」

「もちろんです。豆腐と納豆で蛋白をとっていますよ」

「納豆はいけない。あれは脳血栓のもとですよ」

そうきくと、ねばねばした納豆はいかにも血管がつまりそうな喰い物に思える。私はあわてて納豆を全廃した。

寿司屋の主人が、またこういった。

「それじゃァ、この蛸《たこ》を喰ってみてください」

「冗談じゃない。イカタコ、エビカニなんてのはコレステロールの塊りで――」

「いや、それはそうなんですがね。コレステロールもあるんだけど、ところがね、連中はコレステロールを殺しちまうなんとかいう菌もたくさん持ってるんですよ。最近の研究でそれがわかったんです」

この理くつはわかったようでよくわからない。コレステロールを殺す菌が居るのなら、イカタコの中にどうしてコレステロールそのものも生存しているのか。まァしかし、医者の説だろうから、だまって承服しているほかはない。

しかし医者のいうことも、ずいぶん変ってきた。私の子供の頃は、卵は病人の喰べ物だと思っていたが、現在は年老《と》ったら卵を喰うなという。コレステロールにも良性と悪性とがあって、悪性は退治せねばならないが、良性は必要欠くべからざるものだ。となると、どれが良性で、どれが悪性やら、眼先がクラクラして、何を喰ってよいやらわからない。先日の新聞によると、サラダ油で育てた鼠は早死し、ヘットで育てた方は長命だったという。医者は競馬の予想屋の如し。あとからどうだといわずに、ちゃんと前発表をしてもらいたい。

病後なので

快食毎日

一週間の表を作ってつくづく眺めてみるに、我ながら小市民的になっているのにおどろく。私ももう年なので、以前のようにじっくり腰をおちつけて遊ぶということができなくなった。毎日、時間に追われるように、規則正しく遊んでいる。これではさながら良民であるかのようである。

入院まる四ヶ月、手術二回という大病をしたあとなので、さすがに医者のいうことをよく守って摂生している。毎朝、家に帰って少しでも眠るようにしており、起きている時間も、外出先であろうと路上であろうとかまわず居眠るようにしている。眠いときにどこででも眠るというのが私の健康法である。

けれども、いつまでもこんなふうに病人同様の日を送っていても意味がない。退院後半

	日	月	火	水	木	金	土
朝	うな重半分（7時）。グレープフルーツ半個（10時）。	グレープフルーツ半個。〔外食〕ジャガイモサラダ、トースト1枚、コーヒー。	ステーキ、もやしいため（8時頃）。	グレープフルーツ1個（10時頃）。台所でカレーソース少々盗み喰い。	いちご約10個、レモン汁（夜明け）。	前夜の残りのとろろ（夜明け頃）。グレープフルーツ1個（10時頃）。	グレープフルーツ1個（8時頃）。豆餅、かしわ餅1個。
昼	赤出し（なめこ、とうふ、みつば）（2時頃）。	（麻雀公式戦のため）ナシ。	コーヒー、いちご、グレープフルーツ。	手製カレーライス1杯半（ビーフ、チキン、野菜入り）、薬味、ヴィエイト（1時）。ポテトチップ数枚（5時頃）。	オムレツ（ひき肉、玉葱入り）、ポテトサラダ、ほうれん草のバターいため、生野菜（レタス、サラダ菜、セロリ、きゅうり）、レバーペースト、厚切りトースト（1時頃）。	いちご約10個（正午）。豆餅1個（3時頃）。	チャーシュー入りラーメン（自家製）（正午）。
晩	〔友人宅〕水割り7、8杯。白菜スープ、ピーマン肉のいため物（宵のうち）。〔別の友人宅〕たけのこ煮物、白あえ（とうふ、人参、しゅんぎく等）、お新香、トースト小2枚（深夜）。	幕の内弁当半分（6時頃）。白魚、まぐろ、鳥貝、あじ、帆立貝ひも、日本酒2本（7時頃）。冷奴、ピーマン肉いため、飯1杯（9時頃）。水割り7杯（3時頃）。	たけのこ煮物、鰯目刺し、オムレツ、豆腐味噌汁、お新香、飯1杯。	〔従兄宅にて〕鳥骨つきフライ、なすとひき肉煮物、手製はんぺん、きんぴらごぼう、香の物、豆腐味噌汁、飯2杯、ししゃも、生野菜、ギリシャブランデー7、8杯、コーヒーブラック2杯、シュークリーム半個（9時頃）。	〔外出〕水割り約10杯。にぎり寿司8個（8時頃）。とろろ、ほうれん草おひたし、焼なす、刺身（ひらめ、甘えび）少々。焼鳥（もも、レバー）数本（2時頃）。	〔来客7人〕とり手羽先中華風あげ物、しいたけ、たけのこ、竹輪の煮しめ、かにサラダ、焼とり、ハム、焼豚、ドライカレー、適当につまみ喰い、グレープフルーツ、オレンジ、いちご、ケーキ1片、水割り4杯。	〔夕方パーティ〕水割り3杯、もりソバ。にぎり寿司1人前（10時頃）。

年がすぎたら、そろそろ自分流の日常を回復させようと思う。

なお念のため申しそえると、煙草は四十本までで一応我慢する。酒はうすい水割りかブランデーの湯割りだけで、日本酒はめったに呑まない。食事は朝昼晩二回ずつまで。女には原則として接しない。実にどうも、清潔すぎていやになる。

ぽっくりと逝きたい

マイ・ヘルス

念のため、弟に、お前の健康法は、と訊いたら、好きな物喰って動かないこと、といった。どうやらこれは色川家の家風らしくて、私の父も、酒は呑まないが暴食型だった。九十歳ぐらいまで毎日三食、ドンブリ二杯ずつ喰べていたし、九十を越してドンブリ山てこ一杯ずつになったときは、俺も食欲が衰えたといって哀しんだ。

母の姉たちは全員八十キロ以上で、背丈より横巾の方がある感じだが、七十五歳以下で死んだ者は一人も居ない。

その血をひいて私もよく喰べる。一日五食はする。そうして運動はしない。それでもおいおい還暦に近くなってきた。暴飲暴食してここまでくれば、いつ死んでも、まァあきらめはつく。暴飲暴食しない一生を送らなくてよかったと思う。

したがって目下の私の健康法は、長生きするためというよりは、永患いをしないように、というのがポイントである。

永患いは辛い。逝くならぽっくりと逝きたい。そうするためには、まず心臓をわるくしなければならない。心臓が丈夫だと、とかく死線を彷徨する。あれがよくない。

そのためには暴飲暴食、破戒無残の生活をして心臓を痛めつけなければならない。なかなか口でいうようにはうまくいかないけれど、まず生活を不規則にすることだ。

仕事柄、私は努力しなくとも不規則になりがちで、その点はありがたい。おまけに持病があるから、強い薬を常用しており、解毒作用係の肝臓がいやがうえにも疲れている。それはいいが、だんだん暴飲暴食が辛くなってくるのである。若い頃よりずいぶんと日常がおとなしくなった。こんなことでは折角の心臓がまた立直りはしないかと反省している。

どうでもよい　わが家の夕めし

我が家というけれども、平常は昼頃眼をさましてすぐに仕事場に行き、深夜か明け方に帰ってくるので、まあ、眠るというだけのところである。ただし、日曜日は例外で、どうかすると一日じゅうごろごろしていることがある。麻雀は紺屋《こうや》の白袴《しろばかま》で、我が家での開帳は年に一度がせいぜいだ。

したがってこれは日曜夜の一景とお考えいただきたい。めったに客は呼ばないが、今夜は新宿の友人夫妻が来てくれた。それで酒をくみかわし、話に花が咲く。これも珍らしいことで、我が家ではめったに酒をのまない。

以前は、味噌や醤油、香の物や豆腐、米などの主食類、そういう日常の喰べ物に凝ろうと思ったことがあったが、今はそういう気もほとんど失せた。煙草も、これと定まったものでなくともよい。それで満足しているわけではないが、いい加減ですませている。
だから、写真嫌いの同居人のつくったもので文句はない。この同居人ももうだいぶ長く居るので、彼女の好物が次第にこちらに乗り移って好物化してくる傾向がある。そこに思いをいたすと、ぞっとしないではないが、まあ、それも、どうでもよくなった。

〈今夜の献立〉　いりどうふ（とうふ・ニンジン・シイタケ・タマネギ・ミツバ・ノリ）　トリのテバさきの中華風あげもの　ピータン・やきブタ・キュウリの一夜づけの盛り合わせ　つけもの　シソの葉・サケのおにぎり　ウイスキー

宮崎のきすごと豆腐

今年の夏、鹿児島にちょっとした用事ができて旅立ちの寸前、どういうわけか、カミさんに南九州を見せてやろうと思いたった。

近年、身体をこわして博打ができなくなり、臨時に雑文雑小説などを書きだしたため、定住の場所が必要となり、そういう条件に輪がかかって定まった女と暮らすような破目におちいった。

妙に市民っぽくなったので、諸方にがんじがらめの関係もでき、なかなか身動きできない。ひさしぶりの旅だったので、やっと大きく呼吸ができそうな気がする。それはいいが、自分できめたこととはいえ、いざ旅立ってみると、カミさん同伴という点がやっぱり気合が入らない。

宮崎へポコッとおりて、霧島経由で鹿児島へ行くつもりだった。私は旅先では旅館の飯はいっさい喰わないことにしているので、このときも日暮れとともに街なかに出かけていった。

しかしどうも、愉快になれない。べつに理由はないのだが、二人旅というやつは、便所へ入るにも連れだって行かねばならぬようで、わずらわしい。カミさんにもその空気が伝《でん》播《ぱ》する。

氷いちごの看板をみつけて、喰おうか、といったが同意が得られなかった。そのうち、ストリップの広告に私が見とれていた、といってカミさんが怒りだした。

「あたしが邪魔なんでしょう。いいから一人で遊んでくれれば。ストリップでも見てらっしゃい」

自分の中に残っていた稚気に水をかけられて、なおさらぶすっとしたまま、私たちは宮崎市の繁華街を二、三度往きつ戻りつした。こうなると何を喰ってやろうという志も湧いてこない。

盛り場のはずれの大分暗い通りにポツンとあった酒場に入った。たしか〝釣雨亭〟といったと思う。くたびれて期待もなしに入った店だったが、俳味のあるつくりで案外に広い。

なにより静かなのがよろしい。

老店主と娘さんが、だまってこちらを見ていた。

「酒と、何か喰う物をください」

といったら、きすごという小魚をあぶったのと、冷奴に玉葱とにんにくをきざんでかけたのと、二皿出してくれた。変哲もないものだが豆腐も念を入れた品で、この家で造るものではないにせよ、やはりこれも吟味のうちに入る。

酒も、地酒らしかったがうまかった。（申しわけないが銘柄を失念）私たちは酒をお代りし、魚を又焼いて貰い、さらに豆腐までお代りしてむさぼるように喰った。

いつのまにか老店主や娘さんとも、ポツリポツリしゃべりだした。老店主は東京人だったがこの土地が好きで、一人で勝手に移住してきたのだという。

「でも田舎でね、いいところだが、野球と芝居が見られないのが玉にきずでさァ」

私たちは笑った。そうして、やっと旅をしているような気分になった。いい店にぶつかったものだな、と思った。

私はカミさんの皿の魚にまで手を伸ばして喰った。すると老店主が実に嬉しそうな顔になっていった。

「うまいでしょ。魚のうまいところは、天国だね」

私たち夫婦の会話も復活していて、私はこれから廻る南九州のうまい物、たとえば、きびなごや豚骨や酒寿しや、山川漬《やまがわ》や鹿児島ラーメンやかつおの酒盗や、丸てん棒てんなどのさつま揚げや、そうぜいたくでない色々な喰べ物についてしゃべった。ついでに、昔、着のみ着のままで方々歩いていた頃、なけなしの金で、気合を入れて喰った物のことなど思いだした。

近頃、定職のようなものができると、博打を打っていた頃よりは金が入る。だから面白くない。全財産の何枚かの札を、夜、何度も算《かぞ》えて、崖から飛びおりるような決心をしてものを喰ったりするときの気分が忘れられない。今は、何をしてもそんなふうに緊張しない。おとなしく働いてさえしていれば餓え死だけはしないさ、と、周囲が教えてくれる。旅をしても、安全至極なものである。

ぼっと赤くなった私を見て、カミさんがこういった。

「おいしい物を喰べて、ご機嫌が直ったわね」

それはそうであるが、そうしてご機嫌が直ったのはカミさんの方なのであるが、私としては、この店の平和な空気を吸って、かえって異郷へ来た緊張味を感じたせいもある。

その証拠に、それから何日か、南九州をまわっていろいろ喰べたが、このきすごと豆腐ほど食欲をおこしたものはなかった。

非運の定休日

吉行淳之介さんがときどき述懐するけれども、人間には防衛本能や上昇指向があると同時に、非運にも魅かれる本能もあるらしい。マージャンをやっていて、相手にリーチがかかる。当り牌は三万と狙いをつける。ちょうど自分の牌にその三万が浮いているので、これだけは捨てないようにしよう。まちがって捨てるといけないから、手牌の端においてあったのをまん中の方に突っこんでおく。ところが、何かの拍子に手がその三万の方にいきかけるというのである。あぶないあぶない、うっかりして捨てるところだった、と思って今度は油断なくやっているつもりだが、しばらくしてひょいと見ると、その三万がいつのまにか手牌の端に、つまりうっかり捨ててしまいそうなところに移動してきている、というのである。

それと関係があるかどうか知らない。何か喰べに行こうと思って、或る店を思い浮かべる。出かけて行くと、その店が閉まっており、定休日の看板がかかっている。運がわるいというか、誰に文句をいうこともできないが、ひどくがっかりする。

かなりの年輩の人がよくいうけれども、自分はもう何年生きられるかわからない。生き永らえたとしても、健康でなんでも喰べられるという状態には限りがある。してみると、これからの食事の回数がおよそ見当がつくから、一回たりともいいかげんなものを喰べるわけにはいかない。外出して、空腹を充たすためだけに喰べるくらいなら、何も喰べない方がいい。

その気持は実によくわかる。したがって、外出先では、手の内のわかった、信頼のおける店に行きたい。また、おいしければどこでもいいというわけにもいかない。たとえば鰻を喰べようと思い決めたときに、いい店だからといって隣りのフランス料理に気持がさっと切り換らない。

だから、定休日、という看板がうらめしい。所により、種目によっては、時間で休んでしまう店がある。これもなかなか不運とあきらめきれない。

不思議なことに、何度いっても定休日にぶつかる店がある。その店がいつも休んでいるわけではなくて、たまの定休日を選んで私が訪ずれてしまうのである。そういうことが重なって、あの店は毎週月曜日が定休だな、と頭にきざみこむ。

何度いっても、と記したけれど、よい店というものは大体私の家から離れた場所にあるから、用事で近辺に行ったときに寄るのを楽しみにして出かけるのである。もちろん、一年に一度か二度ということになる。近辺の用事が終って、さァ寄ろう、と思ってから、頭の中で今日という日をたしかめてみると、月曜日なのである。あらかじめ電話で予約でもいれればそのときわかるのだけれど、用事のついでに寄るのであるから予定がはっきりしない。けれども必らず、出先で寄ろうと思い立つ。電話番号がわからない。店の前まで行ってむなしく引き返す。

吉行さんと同じで、これがどうも不思議なのであるが、月曜日というと、吸いこまれるように、その店の周辺を徘徊する仕儀に立ち至るのである。数日前から、その店のことがなんとなく念頭に浮かんでいて、そうしてやっぱり、ある日用事ができて、家を出るときに今日はきっと月曜日だろうな、と思うと、やっぱり月曜日だったりする。

私はどうも運のわるい男で、そういう店が五軒や十軒ではない。近頃は、手帖に、いろいろな店の定休日だけは書きとめておく。では、そういうロスは減ったろうと思うのは素人のあさはかさで、さまざまに手がこんでくる。

いつぞやも、上野本牧亭でイベントに出演するという中山千夏が、ホテルで仕事をしている私のところに寄った。出演する前に昼飯でも喰おうか、という話になる。では上野に出てトンカツでも喰おうか。

上野にはトンカツの有名店が多い。千夏ちゃんが提唱する有名某店よりも、私がファンになっている店に連れていきたい。車中で能書をいって彼女におおいに気を持たせたあげく、気がついてみると定休日の日だった。

あるとき、喰いしんぼうの知人と一緒に、仕事で志摩半島に行った。泊り先で宴を仕度してくれているということだったが、松阪の牛肉を素通りすることはないということになって、途中下車し、有名某店の網焼き牛肉を喰べに行った。うすうす予感していたごとく、やっぱり定休日。あの店の定休日は二十二日だか二十四日だかで、月に一度である。その三十分の一の確率に当ったわけだ。

ずいぶん以前のことだが、カミさんを連れて関西に居て、〝青辰〟の穴子鮨を喰べに行こうと思いたち、わざわざ京都を出て神戸のホテルに泊った。あの店は昼前に行かないと売切れてしまうという。それで早起きして朝食抜きで、青辰までぶらぶら歩いて行った。

すると店が火事で焼けたとかで、姿形もなにも無かった。

こういうことが重なるから、ペシミスティックな気分になってしまう。

これまでの非運の記録は、ひと晩歩いて七軒が休みだったことがある。やっぱりホテルで仕事をしていて、替え下着を持ってきたカミさんを連れて喰いに出た。まず本郷のてんぷら屋が、のれんをしまうところだった。それで根岸に行き、休み。浅草の穴場も休み。日曜祭日でもないし、特殊な日でもない。それなのに定休日でなく、臨時休業の札を出してあるところもある。とってかえして、京橋が閉店。銀座も休み。もうそこらの知らない店には意地でも入れない。六本木の年中無休という中華料理店が何故か休み。西麻布の店も休み。もう夜が更けてからホテルの軽食堂でハンバーグを淋しく喰べた。あの年は総じて非運で、カミさんとも危うく離婚するところだった。

大名料理と雪の花

金沢食紀行

小松飛行場の上空に居るときは、霏々として雪の花が降っていた。それで、飛行場におりたってみると、いつのまにか雪がやんでいる。どんよりした曇り空の西に傾むいた方の一点に、光りを放つ部分があり、視界が明かるくなっていた。

タクシーの運転手がいう。

「今日は第一便のときもそうじゃった。飛行機が着くと、お客を待っていたように雪がやんでね。第二便も、これやろ。まァここんところ、降ったり止んだりだが、一日に二度も同じことがあるのは珍らしいな」

黄砂現象というのがあって、中国の黄色い砂塵が季節風に乗ってやってきて、雪を黄色く染める。すると春なのだそうだが、今年は三月に入ってもまだその現象が現われないのだそうだ。

小松から、金沢へ。

途中、実にひさしぶりに、夕方の日本海を眺めた。やっぱり、紫色に近い。けれども、護岸工事の石柱にぶつかる波が、心なしかしぼんでいて勢いがない。

昔、極道して遊んでいた頃、旅の空で喰いつめて、外套《がいとう》まで売り払い、暮の大晦日に一人で、一文無しで、寒さにこごえながら、日本海の海辺の小さな駅におりたことがあった。そこの村が東京での知人の故郷で、たったそれだけの縁で、強引に頼みこんで、正月だけ泊めてもらおうと思ってきた。それ以外に行くところもないし、汽車賃もない。ことわられれば行きだおれのほかはない。

降りつむ雪の中、海沿いの道を、靴もズボンもぐじゃぐじゃにしながら、一人でトボトボ歩いた。日が沈んだばかりでまだうす明かるかったが、海の色が濃い紫色になっていた。あのときは、気が狂いそうになるほど怖かった。自然は、怖い。人生も、怖い。特に私のように自堕落に好きなことばかりやってきたような人間には、怖い色しか見せない。

金沢に入ると、また雪が降っている。

「雪模様の方が、お料理も情緒があるでしょうね」

と編集部のT嬢。

「それはそうだろうね」

「きっといい夜になりますよ」

「ああ――」

ホテルにカメラの野村さんが来ていて、一緒に近くの〝大友楼〟まで歩いて行く。思ったより寒くはない。もっとも今は、帰りの飛行機の切符も持っているし、いくばくかのお金もある。雪の花が、私も情緒として受けとれる。

〝大友楼〟は二百年の歴史を誇る店。藩政の頃は加賀藩御膳所の料理方を勤め、代々の当主は食風俗の研究家としても知られているようだ。いかにもそれらしい古雅な造りの家で、そのわりに天井も高い。

大ぶりの階段を昇り、黒塗りの膳のしつらえられた一室で待つほどもなく、付出しからはじまる器や椀が次々と運ばれる。

献　立

付出し　久留美《くるみ》豆腐

山葵《わさび》
なまこ親子和え

吸物

加荷進女《かにしんじょ》
才巻《さいまき》海老
菜種
木ノ芽

刺身

甘海老
梅貝《ばいがい》
車鯛
ホジソ
白髪大根
山葵

口取

雲子《くもこ》
甘海老寿し
どじょう蒲焼

菜種辛子和え
網笠柚子《ゆず》
茄子白酢かけ
焼物　梅貝つぼ焼
鯛唐《から》蒸し
矢生姜
酢物　加荷
木瓜《きゅうり》
独活《うど》
二杯酢
煮物　治部煮《じぶに》
かも
法連草
百合根
椎茸

山葵

御飯　えんどうめし

止椀　豆腐

三ツ葉

なめこ

香の物　奈良漬　しば漬

水菓子　オレンジ

以上

古九谷の皿、器、（昔は古伊万里を多く使ったそうだが）輪島塗りの椀、金、銀、藍、朱の織りなす色が膳の上にバランスよく並んで、加賀百万石の贅の重みがじっとりと伝わってくる。

酒もよし、肴もよし、窓の外は雪の花。

「ああ、金沢で呑んでいる気がしてきました――」

「そうですか。ここは海と山に恵まれてますから、原料に恵まれているんですよ。もともとは京都文化圏でしょうが、喰べ物に関してはまたちがいますね。京都は新鮮な材料に乏しいから、味つけや加工が発達します。それに対して加賀料理はできるだけ材料のよさを生かして喰べていただくんです」

七代目の当主大友佐俊さんはまだ若くて三十代であろう。東京の大学を出てから、ゆくゆくは家業をつぐ気で、京都に行き、料理屋で修業した。

ところが家に帰ってくると、先代（父親）から、今までおぼえたことは全部忘れてしまえ、そうでなきゃ駄目だ、といわれたという。

「材料が新鮮ならうす味、という常識があるように思っていたけれど、加賀料理はうす味というわけでもなさそうですね」

「ええ、はじめは宗教の関係で京風だったにしても、江戸時代を通じて関東風の味つけが入ってきていますからね。参勤交代がありますからどうしてもね。ですから、今、東京ですたれてしまった関東風の味つけが、こちらで残っているともいえるんですよ」

立派な鯛の唐蒸しが出てくる。眼の下一尺という鯛の腹わたをとりだして、そのかわり甘辛く味つけたおからを詰めてある。鯛のうま味がおからに浸みわたり、まことに酒に合う。

私はもともとおから好きだから、鯛の身よりもおからの方を下品にむしゃむしゃ喰べまくったが、しかしこれは、たとえば鶏になぞらえてみると、こういう調理法はどことなく西洋の匂いがするような気がする。鶏の丸焼きに卵を詰めたりして。

それから、治部煮。鴨の身に小麦粉をまぶして、百合根や椎茸、加賀麩、青い物などをいれ、ねっとりと濃く煮つめる。〝大友楼〟の治部煮は私がこれまで金沢で喰べたどの椀よりもおいしかったが。

「これは、シチューみたいなものですね」

「そうですね」

「日本料理には珍らしいな。こういう濃厚なものは。長崎あたりの料理といってもおかしくないですね」

「やっぱり港町ですから、さまざまの文化が入ってきておりますね。それに高山右近もこの地に居りましたし。ポルトガルあたりの風習も混じってるんですかね。このすぐそばの藩主を祀った尾山神社のステンドグラスなんか、とてもモダンですよ」

「治部というのは、発明した侍かなんかの名前ですか」

「そういう説もあり、いろいろ説があるんですよ。じぶじぶというのが鍋の煮える音だともいうんです」

「文化というものは一朝一夕じゃできないから、いろいろのものが混在して、そうして時間がたって発酵してくるんでしょうね。七代目としては、今日の新らしい味もとりいれていくつもりがおありですか」

「はい。味は時代の流れに沿っていくものですから、ポイントのところだけは伝統をふまえて、あとは適当にアレンジしていかなくちゃならんと思ってます。なかなかむずかしいんですが」

甘海老、車鯛、うに、なまこ、かに、それからこの地でよく出てくるどじょうの蒲焼、片っぱしからよく喰べ、堪能した。日本料理としては量が多い。

胃袋は満腹である。けれどもまだ喰える。これが私のわるい癖で、おいしいものを喰べるとはずみがついてしまって、なんでもやたらに喰べまくってしまうことになる。

「まだ少し、何か喰いたいね」

「そうですか――」

とT嬢。彼女は私の自堕落を遠くからのぞき見るように、微笑している。金沢はわりに知り合いが多くて、泉鏡花賞関係の市役所の人も居るし、北陸放送の金森女史という実にきっちりと歓待してくださる女侍も居る。けれども、彼等はいずれも、旅人とみるや、ご馳走してくれようとするから、うっかり当方から声をかけて迷惑をかけたくない。

「ちょっと待ってよ」

私は湘南に住む新直木賞受賞者の高橋治のところに電話をした。昔、といっても十年ほど前、この金沢市がやっている泉鏡花賞と金沢市民文学賞を、私と彼が並んで貰った日があったのだ。古い友人と肩を並べて賞をいただくというのは、珍らしいし、実に嬉しい。そのとき、四高《しこう》（金沢）出身の治ちゃんに連れていってもらった〝たえ〟というバーのことを思い出した。

そこへ行ってみようと思ったが、場所がうろおぼえだ。そこで治ちゃんに電話したのだ。

「〝たえ〟に行くんなら、そのすぐ近くだから、坂野さんという人のところへも寄るといいよ。四高の同級生でね。面白い人だし、いい酒もうまい喰べ物も、いつ行ってもあるから」

〝たえ〟で久闊《きゅうかつ》を叙《じょ》しながら呑んでいると、私と同じ年くらいの紳士が入ってきた。それが坂野さんで、飾らないし、深みのあるよい人物だった。

彼は香林坊《こうりんぼう》の盛り場にビルを持っており、それで悠々と暮しているらしかったが、今年の新酒を貰ってきたばかりだといって、東京ではよほどの幸運に恵まれない限り呑めない菊姫の大吟醸を呑ませてくれた。

金石《かないわ》港にあがりたての鰯の刺身で、菊姫の冷やをグビグビとやり、初対面の人と人生を語る。実にどうも、ずうずうしいけれども楽しい。そうして酒がなくなると、坂野さんのビルの中の酒場に連れ立って出かけ、夜っぴて呑んだ。

解散したのは、あれは何時頃だったか。四時をはるかに廻っていたのではないか。何時だってかまわない。粉雪が舞いおちる中を、ジーン・ケリーのごとくタップダンスを踊ったような気がするが、あれは夢だったか。


「お早よう——」

昼近く、ロビーにおりていってコーヒーを呑んだ。T嬢はさすがに若い。昨夜、おしまいまで私につきあって、今朝はもう街を歩きまわり、近江町の市場にも行って来た由。

「昨夜、俺は煙草を吸ったろうか」

「ええ、チェリーを何箱も買われて、煙の王さまのようでした」

「しまった——」

「なんですか」

「酒も呑んだしなァ」

「ええ」

「禁酒禁煙なんだ。医者との約束でね。禁酒禁煙禁大飯、禁女性禁ばくち」

「どこかおわるいんですか」

「うん。もう駄目なんだ。肝臓がね、ぼろぼろだし、腎臓がわるくてむくんでいるし、血圧が高い。コレステロールと中性脂肪が多くて、白血球が異常に増えている。なんともないのは胃袋だけさ」

私はシャツをまくりあげて腕を見せた。

「ほら、見るかげもなく痩せおとろえちまった。もう骨と皮ばかりだ」

「ご冗談でしょう」

「いや、俺の意見じゃなくて医者がそういうんですよ。家じゃほとんど寝ついてるんだ。今、眼圧も高い。歯が痛くて眼が痛くて、頭の右半分が腐ってぶよぶよで、半身不随が上から徐々に進行してるんだ」

「――それじゃァ、こんな旅にお誘いしていけなかったですか」

「人生というものはそういうものさ。当人の都合などには関係なく進行する。それでいいんだよ。俺は金沢に来て酒を呑んで、死にます」

「――まだ酔ってらっしゃるんですか」

「いや。しかし二日酔いだね。俺、もう少し寝るから、貴女はその間、街をぶらついていらっしゃい」

「はい――」

「そうして今夜は、少し節制をして、予定のコースをおえたら、早目に切りあげよう」

その晩は、〝ごり屋〟に行くことになっていた。昼の間は、胃袋がしびれがきれたようになっているけれど、ふしぎなもので、夕方になると、また新鮮な気分になる。まるで、昨夜の雪がとけて消えてしまうように。

今日も雪が降ったりやんだり。西の方に黒雲が現われ、白山《はくさん》の雄姿が霧にとざされるとまもなく、さんさんと白いものがおちてくる。かと思うと、また明かるくなって、人々は傘をステッキのようについて歩きだす。

無責任な旅人の眼には、街には雪があった方がいい。汚ないものがかくれてしまうから。

〝ごり屋〟は、浅野川の川辺に、何さまかの保養所のように、ひっそりとあった。カイロでナイル河のほとりに、ちょうどこれと似た形の魚料理店があったが——。

「以前にね、この店に来たとき、俺は眠りながら歩いていて、松の木に額を衝突させてね。痛みと驚きでぶっ倒れたことがあった」

「どうしてまた、松の木と——？」

「門を入って石畳のところに、不意に太い幹が横に伸びてるんだよ。——ほら、あった、あった、これさ。いやァ、久しぶりだなァ」

以前はたしか大部屋に通されたが、今回は雑誌の仕事ということで、上等の個室に案内される。

中央の円卓に、前大峰《まえたいほう》作の孔雀が大きく彫られている。掛物も屏風《びょうぶ》も、古くいわれのあるものなのだろう。もっとも私などには、猫に小判の類に近い。

食文化も、だんだん向上していくと、器や卓や座敷に凝るようになる。特にこういう海山の材料の新鮮なところでは、料理そのものにあまり手をかけるわけにいかないから、器や卓を喰うようなことにならざるをえない。

私のカミさんの実家が葉茶屋だから知っているが、煎茶がそうだな。玉露とかなんとかいっても、値段が高くなるにつれて、質がよくなるわけのものじゃない。質の方はある段階でとまりで、それ以上は、葉の形が整ったものを選び出して、見た眼を作るだけのことだ。もっとも、美意識というものは何事によらずそんなもので、それもけっして無視できないが。

献立

先猪口　あわび酒蒸し
　　　　　レモン添え
八寸　鮴《ごり》甘露煮　鮎鯨
　　　うすい真蒸《しんじょう》　大徳寺麩
吸物　鮴白味噌仕立
　　　　かじか鮴　針ごぼう　ゆず
刺身　岩魚《いわな》洗い　鮴洗い盛合せ
　　　白髪大根　紅林　紅立《べにたで》　大葉
　　　　花まるきうり　酢みそ仕立
焼物　岩魚塩焼

炊合せ替り　加賀志部煮《じぶに》

酢どりはじかみ

合鴨　すだれ麩　生ゆば

よもぎ麩　百合根　芹

椎茸　わさび

揚物　鮴唐揚

小切茄子　青唐《ししとう》　銀杏《ぎんなん》

昆布かご　沢がに

酢の物　ずわいがに

土佐酢仕立

水物　メロン

以上

いずれも結構だった。酒はおそらく日榮《にちえい》か。

ごりというのは魚へんに休みと書く。昼間は石垣の下などにじっと隠れていて、夜行性らしい。しかし、膳に出てくる姿は、生きているごとく身体をくねらせたままで、休むという感じではない。

白味噌仕立の鯡汁がうまい。女の人だと少し姿を気にするかもしれないが、これなら何杯でもお代りをしたい。

それから唐揚げ、これも淡白ながら味わいぶかい。洗いも川魚独特の泥臭さがなくて、少しもいやみがない。この洗いは充分な骨切りがしてあって、小さいだけに包丁の冴えが要りそうだ。

当主の六代目川端興則さんもお若い。〝大友楼〟のご主人とおっつかっつであろうか。先代が一昨年亡くなった由。

「どうですか。近頃のヤングの観光客に、鯡は受けますか」

「まァ、鯡料理は全国でうちだけですし、珍らしさもあって旅情になるんじゃないですか。おかげさまで知名度はありますから、皆さん喜こんでくださってるようですね」

それよりも、犀川や浅野川で鯡がほんとにとれなくなってしまって、今はもっと山の中の小さな川までとりにいく由。

「水が汚れたせいですか」

「ええ。水温もかなりうるさくて、冷たい水でないと棲めないんですよ」

「これは昔は、家庭のお惣菜だったんでしょう」

「私なんかの小さい頃までは、家の前でとれたんですがねえ。けれど江戸期の頃は、武士階級の喰べ物だったんでしょう」

「いかにも侍の喰べ物らしい、質実で、しかも野趣がありますね」

「鮴に二種類ありまして、かじかの種類にぞくするのと、はぜの仲間のとですね。うちはかじかの方しかあつかいません。街の市場に出廻ってるのは、はぜ科が多いですね。とにかくお客さんよりも、材料を確保する方が苦労で」

　この家も寛永年間からというから、二百年はたっていることになる。金沢では、よく、あそこの家はまだ百年くらいだから、なんてことをきくけれど、百年単位で物事を考える習慣は、東京あたりからくると実に興味ぶかい。


　いいあんばいに酒であたたまり、料理に充足して外に出ると、やっぱり雪。

　街はずれのようなひっそりとした一帯だったのに、タクシーに乗ると、あっというまに香林坊のあたりに出た。

「──あ、思い出した」

「なんですか」

「山下洋輔から、金沢に行ったら寄ってみろ、とすすめられたジャズスナックがあるんだ。〞もっきりや〟というんだがね」

「変った名前ですね」

「行ってみようか」

「外に出るといつもそうやって、思い出されるんでしょう」

「あ、あそうか、昨夜も寄り道になっちゃったからね。今夜は少し早く帰らなければいけない。このままっすぐ帰ってもいいんだけれど」

「場所はどのへんなんですか」

「地図で見ると、大体の見当はわかるんだけど、わからなかったらすぐに帰ろう。夜遊びはいいかげんにやめなくちゃ駄目だ」

はじめて行く店というものは、わかりにくい。特に盛り場のバー集結地帯では、簡単にみつかったためしがない。

ところが、こんなときにかぎって、すぐにみつかった。

入ってみると、平日だからライヴはやっていないし、若い店主は映画を見に行ったとかで、店内に客もすくない。

「ビールを一杯呑んだら、帰ろうね」

T嬢にそうささやいた。

しかし、話し合ってみると、T嬢、けっこうジャズにくわしい。

一本ではなんだから、二本目を頼んで、それで立とうと思っていたら、店主が帰ってきた。

壁に、この店で演奏した内外のジャズマンの写真やサインがべたべたとはってある。

昨年亡くなったピアニスト菅野《かんの》光亮《みつあき》の話をする。

「酒がね、すぎたし、仕事もいそがしすぎた。才能のある人だったけどね――」

「他人事じゃありませんよ――」

とT嬢。

「いや、俺は大丈夫。仕事をしないから」

「でも、血圧が高くて、コレステロールと中性脂肪が――」

「冗談いっちゃいけない。あたしゃァね、芋をかじっておとなしく学校に行った子供とはちがうんだ。がきの頃から、小遣いをためて、酒屋へ行って、ますの隅から——」

今夜もなんだかわからなくなってきた。〝もっきりや〟の若主人と学生アルバイトのお嬢さんを誘って、あそこなら絶対、いい酒とうまい肴を喰わせる、という店に連れていってもらった。

あいかわらずの雪の中、ジーン・ケリーになったような気持で歩いていって、まったく若主人のいうとおりのいい店で、もうなにがなんだか楽しくなって、東京に居るつもりでガブ呑みして、気がつくと一升瓶をかかえて雪の夜ふけの街をのたくっていた——。

初出一覧（＊印は色川武大名義で発表）

眠む気と喰い気と

——「あさめし　ひるめし　ばんめし」（みき書房）十八号　一九七九年四月　＊

I

思い出の喰べ物ワースト3～駅前油地獄（連載タイトル「三博四食五眠」）

——「小説ＣＬＵＢ」（桃園書房）一九七三年十月号～一九七四年九月号

II

医者は競馬の予想屋の如し——「中央公論」（中央公論社）一九八六年五月号　＊

病後なので——「小説サンデー毎日」（毎日新聞社）一九七七年七月号

ぽっくりと逝きたい——「小説新潮」（新潮社）一九八七年五月号　＊

どうでもよい——「アサヒグラフ」（朝日新聞社）一九七八年六月九日号　＊

（朝日文庫『わが家の夕めし』所収。初出時のタイトルは「かりの我が家」）

宮崎のきすごと豆腐——「酒」（酒之友社）一九七一年十二月号

悲運の定休日——「四季の味」（鎌倉書房）四十一号　一九八三年四月　＊

大名料理と雪の花——「旅」（日本交通公社）一九八四年五月号　＊

阿佐田哲也（あさだ・てつや）――本名・色川武大。一九二九年三月二十八日、東京市牛込区（現・東京都新宿区）矢来町に生まれる。第三東京市立中学校無期停学ののち、敗戦後は焼跡を徘徊、博打で糊口をしのぐ。雑誌編集者を経て、五五年より井上志摩夫などのペンネームで娯楽小説を乱作。六一年、本名で執筆した「黒い布」で中央公論新人賞受賞。六八年から阿佐田名義で麻雀小説を書きはじめ、『麻雀放浪記』で一世を風靡する。七七年には本名での初の著書『怪しい来客簿』で泉鏡花文学賞。七八年「離婚」で直木賞。八二年「百」で川端康成文学賞。八九年『狂人日記』で読売文学賞。同年三月、岩手県一関市へ転居後すぐに心臓発作で倒れ、四月十日に逝去。享年六十。阿佐田名義の主要作品に、『牌の魔術師』『ギャンブル党狼派』『ドサ健ばくち地獄』『ヤバ市ヤバ町雀鬼伝』などがある。

三《さん》博《ばく》四《よん》食《しょく》五《ご》眠《みん》

二〇一七年八月十五日　第一刷発行

著　者　阿佐田哲也

発行者　田尻　勉

発行所　幻戯書房
郵便番号一〇一－〇〇五二
東京都千代田区神田小川町三－十二
岩崎ビル二階
電　話　〇三（五二八三）三九三四
ＦＡＸ　〇三（五二八三）三九三五
ＵＲＬ　http://www.genki-shobou.co.jp/

印刷・製本　中央精版印刷

ISBN978-4-86488-126-5　C0095